7
ようこそ実力至上主義の教室へ2年生編
Welcome to the Classroom of the Second-year
衣笠彰梧×トモセシュンサク

ようこそ
実力至上主義の教室へ
2年生編7

衣笠彰梧

MF文庫J

ようこそ実力至上主義の教室へ2年生編

Welcome to the Classroom of the Second-year

contents

口絵・本文イラスト：トモセシュンサク

○長谷部波瑠加の独白

私は自分自身を評価する時、悪い人間だと位置づける。
誰だって、1度や2度『してはいけない』と言われる行動を取ったことがあるはず。
たとえば赤信号を無視する。
悪意を持っていなかったとしても、経験くらいはあるんじゃないだろうか。
たとえばお会計のときにお釣りを多く受け取っても返さない。
1円でも10円でも、店員さんが間違えて多く渡したとき、返却しなかったり。
たとえば道端に唾を吐いたり路上にポイ捨てすること。
ちょっとしたことだと思うけど、これも立派な犯罪に該当している。
でもその経験だけで、自分を悪い人間とは位置づけない。
私は……。

いや、それもまた、誰かの視点では些細なことなのかも知れない。

だけどその過去を引きずった私は、高校では友達を作らないことに決めた。
かつての友人たちと距離を置いて誰とも繋がっていない世界に入りたかった。
だから、高度育成高等学校の存在を知らされて、ここなら、と決めたことを思い出す。

そんな私だったけど、気が付けば友達が出来ていた。
きよぽん、ゆきむー、みやっち。

そして……愛里。

私は青春を取り戻した。
そう思っていた。
だけど、その青春は予想もしていなかった1日で奪われた。

誰に奪われた？
決まってる。
堀北鈴音と、綾小路清隆。

この2人の身勝手な行動の犠牲になった。
私は許さない。
許すわけにはいかない。
だから――。
私は復讐(ふくしゅう)を決めた。

○文化祭に向けて

肌寒くなってきた秋の始まり、11月1日の月曜日。

月日の経過とは速いもので、あと2か月もすれば冬休み。

新しい席から見えていた景色も、そう遠くない日に終わってしまうのか。

名残惜しいと感じるのは、席替えがオレにとって良いシステムだったことの証明でもある。来年同じように席替えがあるのかは今のところ分からないが、どちらにせよ今までとはまた大きく違った景色が広がっていることだろう。

「おはよう。全員揃っているな？」

チャイムから遅れること数秒、茶柱先生が教室に姿を見せた。

雑談に勤しんでいた生徒たちはピタリと静まり返り、慣れた様子で先生の方に視線と耳を傾ける。授業以外における態度も全てクラス全体の評価に影響を与えるこの学校独自の制度が、正しく規律を守る真面目な態度を生み出している。

先週と比べて大きく何かが変わっているわけじゃない。

だが、確かに先週よりも一回り大きくなっていることを感じ取れる。

日々成長を続けていく生徒たちのそんな様子を見て、茶柱先生は深く頷いて口を開いた。

「文化祭に向けて着々と準備が進んでいると思うが、追加の説明事項がある。まずは改めておさらいとして文化祭の概要を表示するので必要な者は確認するように」
茶柱先生の後ろにあるモニターが点灯し、ルールの説明が再表示された。

文化祭概要

・2年生には各クラスに文化祭の準備のみで使用できるプライベートポイントが生徒1人に対し5000ポイント与えられ、その範囲内で自由に活用することが認められる（1年生は5500ポイント、3年生は4500ポイントの初期費用）
・生徒会奉仕などの社会貢献、部活動での活躍による貢献などで追加資金が与えられる（詳細は確定後改めてクラス毎に発表する）
・初期費用と追加資金は最終売上に反映されないため、未使用の場合は没収となる
・1位から4位のクラスにはクラスポイント100が与えられる
5位から8位のクラスにはクラスポイント50が与えられる
9位から12位のクラスのクラスポイントに変動はなし

「以上がこれまでの説明だ。ここまでは、問題なく頭に入っていることだろう」

生徒たちから疑問の声が出ることもなく、茶柱は進行を続けていく。

「この概要説明にある『追加資金』について、詳細が決まったため発表したい」

追加資金。生徒会奉仕、社会貢献、部活による活躍などによって文化祭で使えるポイントが増えるというもの。その詳細が告知される時が来たということだ。

予算が確定しないことによって、出し物の数やその内容、規模を確定させることが出来ずにいたからな。

不都合はあったものの、全学年全クラスが同条件である以上、問題とは言えないが。

「まずはこのクラスに与えられる追加資金の総額、そして内訳を一斉に表示する」

そう言うとすぐにタブレットを操作し表計算ソフトによる一覧が表示された。

総勢で12人が、この追加資金を得る資格を持っていたことが判明する。

堀北鈴音・生徒会役員ボーナス……10000ポイント
須藤健・部活動活躍ボーナス……10000ポイント
小野寺かや乃・部活動活躍ボーナス……10000ポイント

10000ポイントが最大なのか、その高額な追加資金を獲得できた生徒は3名のみだったが、他にも9人の生徒が貢献を認められ数百ポイントから数千ポイントを獲得していた。

たとえば洋介は部活動活躍ボーナスで３０００ポイント、明人なら１０００ポイント。主に部活で活躍していると思われる生徒たちの名前がこのクラスでは多くあがっている。トータルでこのクラスが得られた追加資金は３９４００ポイント。

人数で言えばほぼ6人分の初期ポイントに相当する。

この資金は文化祭を運営していく上で必要不可欠な資金だと言えるだろう。

「内訳を教えることは出来ないが、坂柳Ａクラスが１８８００ポイント。龍園Ｃクラスが１７０００ポイント、一之瀬Ｄクラスが２６６００ポイントの追加資金を得ている。つまり、2年生の中ではこのクラスの追加資金がもっとも多いということだ」

一之瀬のクラスが2位で、坂柳のクラスは龍園クラスに僅差で勝って3位か。

思いがけない結果だが、１つの要因は生徒会役員ボーナスかも知れないな。堀北、一之瀬が共にその存在だけで１００００ポイントを獲得できているのは単純に大きい。

他にも須藤や小野寺といった生徒は全学年を通しても部活での貢献は頭一つ抜けていると思われる。文化祭では個人が持つプライベートポイントは一切使用できないため、堀北クラスで言えばクラス人数＋追加資金の合計２２９４００ポイント以内に収める必要がある。１ポイントでも多いに越したことはない。

ただ、この結果だけを見て慢心してはいけない。

スタート前の準備段階では有利になるが追加資金は最終売上に反映されない以上、上手く活用できなければ宝の持ち腐れになってしまう。

以上が追加資金の説明のようだが、これだけでは終わらないはずだ。

文化祭に向けて必要となる情報が幾つか公開されていない。

「さて。次に売上を立てる上で重要な来賓に関する詳細を伝える」

文化祭においてどれだけの客が来て、またどんな客が来るのか。

そしてどれだけの資金を持っているのかがこれまで詳しくは明かされていない。

「来賓は、この学校の運営に関わっている方々、そしてその家族が招待されるが、当然年齢は幅広くご高齢の方から幼児、小学生なども多く来ることになっている。そしてケヤキモールやコンビニなどで普段働く者たちも客人としてもてなすことが決まった」

タブレットの画面がグラフに切り替わり、年齢別の来賓者数が判明した。

30代、40代が割合として多く、次に20歳未満、50代と続いている。

「来賓する成人には一人当たり10000ポイント。未成年には5000ポイントが支給される。成人が283名、未成年が202名。参加総人数は全部で485名となり、その総額は3840000ポイントとなる」

全学年12クラスの順位は、その総額から如何に売上を立てられるかにかかっている。

「またこの参加人数には我々教師も含まれていることを伝えておく。担任教師は担当する学年ではポイントを使えないという縛りはあるが、その他来賓と扱いは変わらない」

同学年で使用できない縛りは必要不可欠だろう。担任教師としては、自分たちのクラスにお金を落とせるのなら落としてやりたいと普通なら考えるものだからな。

「ポケットマネーで10000ポイント以上を使用することはあり得るんですか？」

池からの疑問を受け、茶柱はすぐに首を左右に振った。

いつものように先走った質問だったが、特に注意することなく答える。

むしろ変わらない池のそんな様子を楽しんでいるようでもあった。

「いいや。与えられたポイント以上は使うことが出来ない。上限の金額は不動だ」

来賓たちに無限の資金が用意されているわけではないということ。特定の太客を囲えばいい話ではなく、来賓の奪い合い、争奪戦が起こることは避けられない。

「肝心の決済方法だが、携帯の専用アプリを通じて行い常時リアルタイムで売上を学校側が把握するシステムを採用する。文化祭が終了する午後4時になった瞬間にアプリは使用不可能になることを念頭に置いておけ。会計のタイミングは各自自由に設定してもらって構わないが、商品提供前の事前決済をオススメしておく」

食事をした後に支払いなどとなると、午後4時を回ってしまうケースも出てくる。ポイントの回収ができなくなる恐れがあるということだな。

「ここまでで、何か質問のある者は挙手を」

発言が許される時間が設けられ、すぐに堀北が手を挙げた。

「売上が同額の場合、順位はどうなるのでしょう？　非常に極端な話ですが、全てのクラスが同額の32000ポイントを獲得し、横並びになった場合はどうなりますか？」

総額は綺麗に割り切れるため、今言ったようなケースも起こらないとは言えない。

偶然のみに頼れば全クラスの売上が揃うことは天文学的な確率になるが、談合は不可能じゃない。全てが1位扱いになるのなら等しくクラスポイントを底上げできる。

何らかの対策が考えられていると思ったが――。

「同額の場合は、同順位として扱う。もし堀北の言うように全12クラスが等しい売上を出せば全てのクラスが1位として100クラスポイントを得る」

負けてもクラスポイントを失わないことからも、やや緩いルールなのか。

いや、同率で多数のクラスが並ぶことはないと最初から判断しているのかもな。

「しかし売上の総額は試験終了後にしか確認できない上、第三者による売上の操作は一切認められない。文化祭前にクラス同士で話し合いをして売上を合算する計画を立てる、文化祭が終わった後に売上を均等に分ける、そんな取り決めを結ぶといったことは不可能だ。これがどういう意味かは分かるな？」

後から売上額を操作できないなら、全クラスが横並びの1位になることはまずない。

何より貴重な1つの競争機会を失ってまで、仲良く手を繋ぐことはないと考えられる。

「同額なんて普通ならないんじゃない？　気にしなくてもいいと思うんだけど」

わざわざ堀北が質問した意味が分からず、前園が疑問の声を出す。

「前園さんの言うように、普通に戦っていれば気に留める必要もないことよ。けれど、ルールとして認められるかどうかを知っておくのは悪いことじゃないわ」

堀北の発言ももっともだ。知っておいて損のあることじゃない。

談合が全く行われないかと言われれば、それは現状では不明瞭。何故なら特定の学年やクラスたちが結託し横並びの売上を作り出すことは可能だからだ。

方法はいくつか考えられるが、予め作る全商品の最終売上額をクラス同士で揃えてしまえば、完売＝同額の図を作り出すこと自体は難しいことじゃない。

しかし裏切り行為や不測の事態、トラブルにも備えておく必要がある。

何より完売を優先した結果売上で下位に沈みましたでは笑い話にもならないだろう。

意図的に同率を作り出すために越えるべきハードルは想像するよりも遥かに高い。

「他に質問のある者は？」

それ以降特に、文化祭に関して挙手する者はいなかった。

「文化祭に関してはこれで以上だ。では次に、先日行った2学期の中間テストの結果を発表させてもらおう。今回は私も驚くような結果を出した生徒がいる」

話は筆記試験、その結果発表へと進んでいく。

筆記を苦手とする生徒たちからは、悲鳴のような声も少なからず上がる。

捉え方によっては『驚く』とは悪い意味とも考えられなくはない。

しかし茶柱先生の表情が暗く硬いわけではないことから、その線はなさそうだが。

一斉にクラス38人の名前が表示され、総合点の高い生徒から順に並ぶ。

1位を獲得したのは啓誠。全ての教科で高得点を叩き出す隙のない成績を収めていた。

2位は僅かに遅れて堀北。ほぼ啓誠と遜色なく、総合点の差も僅か3点のみ。

そこからいつもの優等生メンバーたちの名前が並んでいくが、茶柱先生が驚くような結果を出した生徒、というのは11位につけた人物のことで間違いないだろう。

11位・須藤健。現代文73点、化学76点、社会70点、数学78点、英語70点。

全ての科目でバランス良く得点を重ね総合367点。

ここから上の順位に名前を連ねているのは洋介や櫛田、松下や王といった優等生グループたち。だからこそ須藤の順位には誰もが驚いた。

勉強を熱心に頑張っていることは周知の事実だったが、並行して部活動にも日々遅くまで打ち込んでいる須藤が上位に来ることは予期できない出来事だ。

「マジかよ健が11位って……すげえ……」

ほぼ横並び、いやスタート時点では上に位置していた池から素直な、いや唖然とした素のままの反応が出る。番狂わせ、想像以上の飛躍。今回のテストの難易度はそこそこで、須藤から下の20位までの総合点の差は15点ほどしかないが、それでもこの結果は多くの者を驚愕させたことだろう。当の本人は喜び駆け回るかと思ったが、小さくガッツポーズを作るだけで、自慢する様子や抜き去ったことで他人をバカにするような素振りもない。

更新された最新のOAAを携帯を操作し確認する。

須藤健　学力C+、身体能力A+、機転思考力C−、社会貢献性D−。

全体的に平均に近い水準を保ちつつ、飛び抜けた身体能力。しかもテストの点数を維持していけば、近い将来学力B付近までは見えてくる。

更に勉強に磨きがかかれば学力と身体能力の双方がA以上といったこともいよいよ現実味を帯びてくるだろう。1年間の努力は想像以上の形で実を結んでいるようだ。

私生活では問題行動が減ってきたこともあって、最低水準だった社会貢献性もD－にまで上昇した。OAAの伸びしろでも頭一つ抜けているな。

ちなみにオレの順位は14位。須藤よりも下に位置している。

数学こそ満点を取ったが、残りの科目に関してはあえてセーブさせてもらった。

手を抜いたと言えばそれまでだが、実際には別の狙いがあるからだ。

2学期の中間テストでオール満点を取って見せたところで、無用な混乱を招くだけ。

高得点を取れる生徒の存在に安心してもらうのではなく、須藤のように自分が成長してクラスの助けにならなければ、と思わせることの方が何倍も重要だ。

事実、須藤の11位の結果を受けてクラスメイトたちには様々な感情が生まれている。

それも、ほぼ全てがプラスにしか作用しないものだ。

上位に名前を連ねる者たちがいれば、必然的に下位に沈んでしまう者たちもいる。

そうした面々は言葉悪く言ってしまえば常連たちなわけだが、他クラスの平均点と比較した時、少しずつ変化が表れていることが分かる。

低いながらも改善をしようと試みている生徒たちが増え、そして着実に少しずつ成果を発揮し始めているようだ。もちろん全員が全員須藤のようにはいかないだろう。勉強1つ取っても吸収できる才能に違いがあるし、根気や体力面でも差が大きく出る。

何より須藤の場合勉強を教えてくれる堀北に対する恋心から来る動機も忘れてはならない。ともかく、愛里の退学によって尻に火が付いたからこそ、下位でも負けないための競い合いが始まっていた。

1

この日の放課後の教室。

人払いが済んだあと主要メンバーが集まっていた。

佐藤、松下、みーちゃん、前園の4人。共通点はメイド喫茶の発案者ということ。

そしてオレと堀北の計6人だ。

最初のプレゼン以降、メイド喫茶関連の打ち合わせは情報漏洩を防ぐために携帯での連絡をメインに行っていたが、レイアウトや出店場所を決めるなど、いよいよ本格的に進める段階に達したため、詳細な打ち合わせは実際に借りる予定の特別棟で行う必要があった。

メイド喫茶のコンセプトや規模からしても、屋外の線は最初に消している。

つまり教室という箱は最初から確定しているが、出店場所には今現在も迷っている。

候補となる出店場所は日々他の学年、クラスの生徒たちも下見や偵察に来る。

そのためどの出店場所にするつもりなのか絞られないように工夫を凝らしながらの視察だ。本当ならここに洋介などの男子も交ぜた方が周囲の目に対して有効なのだが、生憎とこの時間帯は部活に忙しい。それに大所帯になりすぎるのも、それはそれで問題が生じる。

固まって移動を始めると、すぐに松下が堀北とオレを見て問いかけてきた。

「長谷部さんと三宅くんのことなんだけど……どうするつもりなの？」

「どうするとは、どういう意味かしら」

「毎日学校には来てるけど誰とも話そうとしない。私たちクラス全体を敵視し続けてるってことだよね」

「そうでしょうね。まあ、主に私に対してでしょうけど」

親友の愛里を退学に追い込まれたことで、波瑠加は大きな壁を作った。

学校には登校してくることになったものの、その壁を取り払ったわけじゃない。

「長谷部さんはこの先、クラスに復讐しようとしてるんじゃないかな」

直接波瑠加に呼び出されたわけでも、聞かされたわけでもないだろう。

しかし今の波瑠加を見てその空気を感じ取れば、松下のような人間なら察する。

「そうかも知れないわね。けれど、今のところ問題行動が見られないのも事実よ。文化祭の打ち合わせにも彼女は参加してくれているもの」

早い段階でメイドの提案をしたことからも、波瑠加はメイド喫茶出店の事実を知っているからな。仲間に入れない理由はない。

「復讐を容認するってこと？」

「そんなわけないでしょう。彼女が腹を立てる気持ちは理解しているけれど、だからといってクラスに問答無用で迷惑をかけて構わないわけじゃない」

特別試験でやむを得ないなどの、酌量の余地無き妨害は完全なる悪として扱われる。

堀北としても、波瑠加が暴挙に出ないことを強く願っているだろう。

「うん。でも、そんな理屈が通用する状況じゃないよね。そう時間はかからないはず」

松下は視線だけを繰り返しオレに向けてきている。

あくまでリーダーの堀北を立てつつ、オレからの言葉を引き出そうとしている様子だった。ただこの場でオレが自身の見解を伝えることはない。

確かに波瑠加が復讐を目論んでいることは明白だが、今は学校に登校し、テストも普通に受け、クラスに迷惑をかける行動を1つも取っていない。

これから先は分からなくても、今の段階で問い詰めるわけにもいかない。

「事前に打てる手立てはほとんどないわ。復讐なんて止めなさいと説いたところで神経を逆なでするだけ。ただ……」

「ただ？」

「もし彼女が本当に復讐の機会を窺っているのなら、何ヵ月も先延ばしにすることがないのは確かでしょうね」

その意見には賛成だ。

このまま半年も1年も先まで、大人しく学校で生活を送るとは考えにくい。

つまり最も警戒しておくべきタイミングは――。

「文化祭で、彼女が何かする可能性は否定しきれない」

その言葉を聞きたかったであろう松下は静かに頷く。

「綾小路くんから、長谷部さんはメイドとして働く気はないと返答を貰ってる。だから彼女と三宅くんには状況を知ってもらいつつ一般的な役割を与えた。下手に情報を隠したり仲間外れにしたりすれば私たちが彼女を疑っているとあからさまに伝えることになる」

もし万が一復讐する気などないのに、堀北たちが波瑠加サイドを蔑ろにするような真似をすれば、消えた火種が再びくすぶり始める可能性はあるからな。

「味方になってくれる線を残しつつ、でも重要な役割を任せるのは避けるってことだね」

「ええ。念のためにそうしておくべきだと思ったの」

もちろん、文化祭で暴れるなんてことに強い懸念を抱いているわけではないだろう。

それでもリーダーとして、先手を打っておくことは重要だ。

文化祭では、多くの来賓が来る。来賓に対して堀北クラスの悪評が広まれば、何らかのペナルティを受けることがあっても不思議はないからな。

「波瑠加たちのことも気になるだろうが、そろそろ着くぞ」

話に夢中になっていた松下は、目的場所が近くなっていたことに気づかなかったようだ。

今はまだ出し物の出店先を迷っているクラスも多い。

不用意な発言はどこで拾われてしまうか分からないからな。

３階建てとなっている特別棟の出店可能教室は全部で８つ。今はその３階にいるが、入口傍の階段から近いほど段階的にじわじわとコストが上がるようになっている。屋内の出店場所としては、正門から最も遠くに位置するだけに、一番コストを抑えることが出来る利点も持っている。3階なら10000ポイントから13000ポイントで借りられるのに対し、1階なら一律50000ポイント。40000近くもの差額があれば、食材購入費などに多くを回すことが出来る。クラスに与えられたポイントは有限だ。出店場所の費用にどれだけ割くか、その捻出に頭を悩ませるのは避けて通れない道。

「思っていたより、ここまで遠いですよね」

みーちゃんが最初に抱いた感想はやはり距離に関することだった。

それには全員が同意することだろう。

「佐藤さんはどう思いますか？」

今日はここまで発言していない佐藤に、みーちゃんが尋ねるもすぐには反応がない。

「佐藤さん？」

もう一度、今度は近距離で声を掛けられ、佐藤は慌てて答えた。

「あ、えと。私もちょっと遠いかなって……うん、思ってた」

「相当良い出し物にならないと、全員が全員ここまで足を運んではくれないでしょうね」

意見は大体一緒のためか優先度の低くなる3階に長くとどまることはなかった。

その後、全員で1つ下の階の2階へと降りて来る。

「やっぱり3階より2階の方がいいよね～。もっと言うなら1階が理想だけど」

前園が、窓から外の景色を見つつそう呟く。

「そうですね。でも……1階はやはり、値段的に相当厳しいのではないでしょうか」

みーちゃんが携帯と睨めっこしながら難しい顔をする。

「でもそろそろ決めないとね。結構埋まってきてるんだし」

松下がみーちゃんの携帯を覗き込みながらそう話す。

「ですね。ピックアップした5箇所のうち2つが埋まってしまって……。ただ、1階から3階まで候補が残ってるのが、逆に悩みどころと言いますか」

利便性を取って高いポイントを払うか、利便性を捨てて安いポイントで済ませるか。

「私はやっぱり1階だと思うな。他の出し物に邪魔されて2階に上がってもらえないとそれだけ不利なわけだし」

「2階でも3階でも、来たいと思わせられれば大きくは関係ないんじゃないかな」

前園、みーちゃん、そして松下の3人が議論をする。

いつも覇気があり聞いていないことまでよく話す佐藤は先ほどから大人しい。

友人たちが時折気にかけたような視線を向けるが、心ここにあらずといった様子だ。

「最近ずっとあんな感じなんだよね佐藤さん」

オレが気にかけていることに気付いた松下が、そっと耳打ちしてきた。

「そういえば、ここ数日は特に元気がないかもな」

「綾小路くんなら何か知ってるかなって思ってたんだけど、違ったみたいだね」

松下はオレをエスパーか何かと勘違いしているのだろうか。

あるいは佐藤と親しくする恵を見越しての発言だったかも知れないが、どちらにせよ詳しい情報は持ち合わせていない。

「体調が悪いって感じでもないし、悩みがあるのかそれとなく聞いてみたんだけどハッキリしたことは口にしなくってさ」

「人には放っておいて欲しい時もあるんじゃないか？」

「そうだね。でもなんていうか、今回はそういうのじゃない気がしてる」

「と言うと？」

食い下がる松下には思い当たることでもあるのか、会話を切り上げず続ける。

「話したいけど話せないみたいな。嫌なことは結構内側に溜めるタイプだから」

1年半も友人関係を続けていると、そんなことまで伝わるものなんだな。

「内側に溜めこんで、それで終わるわけじゃないんだろ？」

「それはまあ……大体相談してくれるけど」

「なら、もうしばらくは様子見だろう。もし松下の読み通りなら、そう遠くないタイミングで相談を持ち掛けて来るんじゃないか？」

「……かもね」

多少腑に落ちない様子ではあったが、佐藤の近くでこの手の長話ができるものでもないため、松下は大人しく引き下がる。

上の空なのは多少気にかかるが、ひとまずどこに出店するかを決めるのが優先だ。そろそろ確定させて次の段階へと移りたい。2階の視察を終えて、最後の1階へと移動しようとしたタイミングで、少数の別グループと鉢合わせする。

「よう綾小路。おまえも文化祭の出店場所を探してるのか？」

そう声をかけてきたのは、2年Aクラスの橋本だった。そのすぐ後、神室と共にリーダーである坂柳も姿を見せた。

この3人が同時に動いているとなると、単なる散歩ってわけじゃないだろう。

「さあどうだろうな。もう決まってるかも知れないし、屋内にするのか屋外にするのかすら決まってないかも知れない」

「決まってない？　分かりやすい嘘だな。わざわざ堀北たちを連れて、意味もなく特別棟を徘徊してるってのか？　どんな出し物をするのか教えてくれよ」

坂柳は会話に参加してこないが、うっすらと笑みを浮かべたまま見守っている。

「彼に聞いても無駄よ。クラスのすべてを把握できる立場にないもの」

黙って聞いていられず、堀北が間に入り会話を中断させる。

「だったら、単なるハーレムを楽しんでるだけってことか？」

6人の中でたった1人男子である点を指摘し、神室に同意を求める。

「あなたも似たようなものでしょう橋本くん。坂柳さんと神室さん。人数こそ違っても男子はあなただけよ。変な指摘をしてくるのはあなたにその自覚があるからかしら？」

あえて同レベルの返しをすることで、余裕の対応を見せる堀北。

一本取られた形だったが、それで橋本がどうにかなるわけじゃない。

むしろ、今の会話はなかったかのように論点を変えてくる。

「佐藤に松下、それから王と前園か。おまえら最近よく学校でも話し込んでるよな」

メイド喫茶発案者4人に対し、橋本が視線を向けた。

身構える3人に対し、普段と変わらない様子で松下が一歩前へと出た。

「私たちから何か引き出そうとしてもダメだよ」

「いい加減理解してもらえたかしら」

堀北の睨みに松下も加わることで、女子2人で橋本へ強く噛みついた。

「別にそんなつもりはないぜ？　いや、本当さ。ただ――」

含みを持たせた物言いに、オレ以外の生徒が不穏なものを感じ始める。

「おっとこれ以上は余計かな？」

ニヤリと笑い、橋本はここで初めて坂柳へと目線を送った。

話しても構わないよな？　そう問いかけているようにも見える。

「何か言いたそうだね橋本くん」

女子3人を守るように立ちふさがっている松下が、やや苛立った声で問いかけた。

その言葉を待っていたかのように饒舌な口ぶりに拍車がかかった。

「俺はおまえらの文化祭を心配してるのさ。体育祭じゃ上手く龍園と手を組んだみたいだが、だからっていつまでもアイツを信用できると思ってるのか？」

「どういう意味かな」

「そのままさ。あいつは味方のフリをして平気で後ろから刺しに来るからな」

「体育祭は体育祭、文化祭は文化祭よ。坂柳さんたちは当然のことながら、龍園くんのクラスも倒すべき敵。信用などするはずがないでしょう？」

「だといいんだがな。俺はてっきり、また龍園と組むんじゃないかと思っただけさ」

もし組むのなら注意しろ、そんな老婆心のようなことを言った。

言葉の背景にある含み、臭わせを鋭い松下も感じ取っていることだろう。

何か知っていることでもあるのか、そう問い質したくなるところだが松下は堪える。

「私たち急いでるし、言葉遊びにはいつまでも付き合えないかな。ね？　皆」

振り返り女子たちとオレに対し同意を求めて来る。

「そうね。そろそろ行きましょう、ここで彼と話していても時間の無駄よ」

「あんた嫌われたんじゃない？」

空気の悪さを弄った神室に橋本がわざとらしいため息をつく。

「かもな。何となく聞いてみただけなんだが……。ま、精々頑張るんだな」

結局坂柳は一言も発さず、さっきまでオレたちが見ていた教室へと入っていった。

「少し怖かったですね……」

ホッと胸を撫で下ろしたみーちゃんが、左側に立つ佐藤に呟く。

「……へっ？　あ、う、うん。ちょっとね」

聞いていたのかいなかったのか、ここでも佐藤の態度は不自然なものだった。

「とにかく移動しよう」

ここで立ち話をしていれば、すぐにAクラスのメンバーと再び鉢合わせする。

それは全員が避けたいところだったので、別の候補地を探すことに。

「さっき橋本くんが言ってたことなんだけど……引っかからない？」

前園は、歯切れ悪くそう口にする。

メイド喫茶の準備を進めていく中で、オレと堀北はその旨をこのメンバーにだけ先行して伝えてある。揺さぶりをかけられて不安になったのだろう。

「今度の文化祭でも龍園くんのクラスと協力し合うのは確定事項なんだよね？」

「ええ。体育祭で協力し合う際に、龍園くんサイドに許可も取り付けたのよ」

お互いに内容が被らない出し物にすること。

類似、あるいは競合する場合には出店場所について避け合うこと。

効率的に人員を交換したり、一時貸し出したり、フォローできるようにしておくこと。

ちょっとした取り決めではあるものの、不測の事態に備えるための協定。

「体育祭は上手くいったからそんなに気にしなかったけど、あんなこと言われるとどうしても不安になるっていうか……本当に信用して平気？」

「確かに龍園くん個人を信用できるかは怪しいところね。だからこそ葛城くんを間に入れて詰めた話よ。私は大丈夫だと思っているわ」

「私も信じたいです。でも、橋本くんは何かを知っている様子じゃなかったですか？」

「うん、私も感じた。裏切られないとしても、組んでることが洩れてることは考えられるんじゃない？」

「知っているのは私と綾小路くん。それからあなたたちメイド喫茶立ち上げの4人。龍園くんのクラスは葛城くん。他にも主要なクラスメイトには話しているかも知れないけれど洩らすメリットはないもの」

情報が洩れるとは考えづらいと2人に説明する堀北。

「オレも堀北と同意見だ。体育祭の一件で堀北と龍園が手を組んでAクラスに土をつけたことは予想外だっただろうからな。次もそうじゃないかと警戒しているだけだ。この先似たような接触、探りがあるかも知れないが気にしないようにした方がいい」

オレはさりげなくフォローしておく。

「そう、そうだね。分かった」

前園とみーちゃんが頷き、松下と佐藤も改めて気を引き締める。

その後教室に戻ったオレたちは、最終的なジャッジをするべく集まった。

「ここにいるメンバーで、出店先をどこにするか多数決を取ろうと思うの。いいかしら」

「もし意見が均等に分かれたらどうする？」

「それはその時に考えるわ。まずは1度やってみましょう。グーなら1階、チョキなら2

階、パーなら3階。いいわね？」

みーちゃんは混乱しないようにか、小声で復唱してから手のひらを見つめる。

「いくわよ。せーの」

オレも合わせた6人が一斉に思い思い希望する階層を手で表現する。

一目見て分かる決着。グーが4人チョキが2人、パーは0人の結果だ。

3階はやはり移動までの手間がネックのため除外された形。

オレは初期コストを抑える目的でチョキを出したが、利便性の良い1階を選ぶのも悪い選択じゃないだろう。もう1人のチョキは松下だ。

ともかく、これで1階での申請が決まったため一歩前進だ。

「すぐに申請するわ。まだまだ様子見しているクラスも多いし取られたら面倒だものね」

携帯を使って、堀北がすぐに1階を押さえるべく申請の作業を始めた。

「これで今日は解散？」

「いや、その前に1つオレから話がある」

メイド喫茶について、オレなりに最近まで情報を集めていた。

そのことに触れておくべきだろう。

「メイド喫茶のメインターゲットは男性だ。文化祭の来賓客は家族連れも多いが、基本的には男性客が狙い目になる」

「女性客が全く来ないとは思わないけれど、比率で言えば相当な差はあるでしょうね」

この辺は調べたりするまでもなく、一般的なイメージから誰もが思っていることだ。

「世の中にはメイド喫茶の反対、執事カフェなるものもあるらしい。給仕するのがメイドの女の子ではなく、男性が扮装した執事ってことだな」

この情報については松下たちも初耳だったのか、感心したように驚いてみせた。

「メイドも執事もコンセプトカフェの一種なのよね」

「……おまえも大概詳しいな堀北」

「情報収集くらいするわ。役に立つか立たないかは覚えてから判断すればいいもの」

その辺は流石というべきだろう。

「なら先に進めるぞ。何よりも大切で欠かせないのは清潔感だ。特別棟の教室で開催する上で階層だけでなくその辺も視野に入れるべきだと思う」

それぞれの教室は授業での使用頻度も大きく異なっている。

「床、壁、天井、その他椅子なども経年劣化によって傷みには少なからず差がある。その点も見逃さないようにチェックしてもらいたい」

「大切なことね。ある程度自分たちで清掃するとしても誤魔化しきれない部分はある。綺麗であればあるほど、それがお店のためになるわね」

この場の全員が賛成しながら、改めて教室内をあちこち見回し始める。

これまでは利便性や外の景観だけに向けられていた意識が変わり始めたのだろう。

「それから制服についても露骨にエロティシズムを押し出し過ぎてはいけない」

「え？　何て言ったのかしら……？」

「エロティシズムだ。エロスやエロティックは古代から美術における重要な要素として捉えられている。下着などを見せるのはもっての外だが、ただし見えるかも知れないという希望を断ってしまわないのも大切だ」

やはりその点までは頭が回っていなかったのだろう、堀北も呆気にとられた顔をする。

「あ、あの綾小路くん。なんかやけに詳しくなってない？」

「メイド喫茶の運営を任されている以上、当然手を抜くことは出来ないからな。可能な限り協力を得つつ勉強した」

クラスにこの手の話題に強い生徒が何人かいたのも心強かった。もちろん堀北のクラスがメイド喫茶をすることとの明言は避け、オレ個人が興味を抱いたという前提で接近した。オレがオタクに目覚めたと勘違いした一部の生徒から、同志が増えるのなら見返りなどいらないと異常なまでの接待、教えを受けたのは少々心苦しかったが。

「続けてもいいか？」

「う、うん、どうぞ……」

誰もオレの言葉を制止する様子はなかったので、それからもしばらくメイドとはどんなものであるかを語らせてもらった。

このことを、実際にメイド服を着る者たちが把握しておくのは重要だ。

客に対して意識的に対応をすることも可能になってくるだろう。

「それから販売戦略も考えてみた。飲食の提供以外にもチェキと呼ばれる撮影出来る権利を販売する。それに特化したカメラを使い、メイド1人の撮影に８００ポイント。客と2人で撮影をする場合は１２００ポイントの価格設定をした。コストを削減するために携帯での撮影後プリンターで印刷する方法を提案したが、教えを受けた博士から却下された。利益のために品質を疎かにすると誰も見向きもしないと」

　上手く生かせば、売上はフードメニューに劣らない結果となることもある。

「だけど在庫を抱える心配もあるよね？」

「いや、フィルムに関しては強気でいく。売り切るだけの案も考えてある。もちろん写真は公開しないのが条件だ。それから堀北主導の下、男子主導での屋台の設営も始まっているが、こちらの食材もメイド喫茶とリンクさせていくべきだろう」

　話し終えたところで、堀北はしばらく沈黙した後で咳払いを1つ入れた。

「飲食店は他学年含めて複数設置の気配がある分、競争率は必然高くなる。だから私たちは軽食に特化させつつ安い値段設定にするわ」

「でも、それだとあんまり稼げないんじゃ？」

「ええ。だから本命であるメイド喫茶への布石にするのよ。購入者にはメイド喫茶で使用可能な1ドリンク半額のチケットを進呈する」

　メイド喫茶を認知させ、そして特別棟にまで足を運ばせる必要があるからな。屋外で宣伝して、誘導するための導線を確保しなければ。

2

メイド喫茶の打ち合わせが終わった後、オレはケヤキモールに足を運んでいた。

今日は食材の値段調査をするからだ。

モール内で売られている食材、ネットで購入できる食材。

少しでも安く、そして品質の高いものを用意できるかは重要な要素だ。

恵を誘えば偵察ではなくデートに変わってしまうため、今日は1人で行う。

スーパーへと足を向ける途中の道すがら、館内マップと睨めっこする人物を見つけた。

やけに険しい顔をしていたのが少し気になり声をかけることに。

「今日は注目の的だったな、須藤」

近づくまで気が付かなかったのか、少しびっくりして振り返る。

「え？　おう綾小路か。なんだよ注目の的って」

「中間テストのことだ」

「ああ、そのことか。嬉しいけどよ、こっちとしちゃ手ごたえの通りっつーか……なんだろうな、自己採点とほぼ一緒だったたって感想が一番だな」

どうやら中間テストの後、細かく自己採点まで行ったようだ。

「入学当初のおまえが今の姿を知ったら驚くだろうな」

「ははは、間違いねえな。勉強して単語やら数式を覚えてそれが何になるんだよ、そんな無駄なことしてねぇでもっとバスケの練習しろよ、って怒鳴ってると思うぜ」

　過去の自分をイメージして須藤が答えた。

　オレは、そんな須藤に1つ質問をぶつけてみたくなったので、聞いてみることに。

「もし過去の自分が、無駄なことするな。そう言ってきたら、今の須藤はなんて答える」

「え？　……そうだな……」

　少しだけ考えた後、須藤は自分なりの答えを言葉にした。

「単語や数式すら覚えられないおまえが何になれるって言うんだよ……とかか？」

　らしからぬ見事な返しだが、昔の須藤は一筋縄ではいかないのも事実。

「バスケのプロになるから関係ない、なんて返されそうだな」

「う、確かに……！　言いそうだぜ……その場合なんて返すのが正解なんだ？　頭脳戦も出来るプロの方が一枚上手だろ……か？　理屈が通じないって厄介だな……」

　頭を悩ませながら、苦笑いする須藤。

「正直少しずつ理解が難しくなってきてる焦りはあるんだ。今までは結構コツを掴んだらスイスイいってたんだけどよ……」

　ここまでの遅れを全力ダッシュで巻き返してきた須藤から見える、不安と焦り。

　中学レベル、いや須藤の場合は小学校のレベルから再スタートしたようなもの。そのレベルが高校2年生にまで追い付いたことで、停滞期を実感したか。

今回取った11位という成績。クラスの半数を超えたその結果は十分誇れるものだが、ここでその勢いが打ち止めになってしまうことを恐れている。

ここから先は、単純に勉強時間を増やせばいいという問題ではなくなるだろう。努力以外の要素、理解力、効率、才能がより複雑に多分に求められる。

「それより俺に何か用かよ」

「用というか、少し気になった。今日も部活じゃないのか？」

顔つきもそうだが、この時間に須藤がケヤキモールにいることのほうが不思議だった。文化祭が近づいているといっても、まだ部活は行われている。

「今日は、ちょっと休ませてもらったんだ」

「珍しいな」

パッと見る限りでは体調が悪いようにも見えない。

「ちょっと別の問題……があってよ」

「別の問題？」

「最近、自覚できるくらい視力が落ちてきたんだよな」

そう言って遠くの方を見つめる。

「小さい頃からずっと2・0だったんだけどよ、どうも最近おかしくて」

勉強に打ち込むことの弊害が須藤の身体に変化を見せていたということか。

スポーツマンにとって視力は大切だ。

この先も視力を落とすことになれば、プレーに影響も出るだろう。もちろんメガネやコンタクトレンズで大きく補正出来るが、それでも良いに越したことはない。

「んで、視力とか測ろうと思ってメガネ屋探してんだよ。行ったことねえし、どこだったっけなって思ってさ」

それで案内マップと睨めっこしていたのか。体感で落ちていることを強く実感しているのなら、実際に視力が低下している可能性は少なくないかも知れないな。

「この先視力が落ちることになっても、俺は勉強を続けるぜ。なんつーか、バスケのことは死ぬほど大切だしやめる気はないけどよ……。プロを夢見る傍ら、それ以外の選択肢を持ってもいいのかもなって思えてきた」

「それ以外の選択肢？」

「……笑うなよ？」

「大丈夫だ」

「普通に大学に進学して、勉強続けてもいいかなって、よ。Ａクラスの特権で強引にプロになれても、実力がなきゃスポーツ界じゃ使ってもらえるわけもねえ。それなら進みたい大学に入れてもらって頑張るのもありだよな」

嫌々始めた勉強が、須藤の考え方にも大きな変化をもたらしている。

「大学進学して、卒業してからプロになってもいいしよ」

「そうだな」

高校で職業への道を分岐させなければならないわけじゃない。

これまでは高卒からプロへの道しか頭になかった須藤だが、そこに大学への進学が選択肢に入ってきた。自分自身の目指す道も、更に細分化していくことだろう。

「あ」

須藤が視界の先、何かに気が付いて声を出した。

オレも遅れて視線を向かわせると、明人と波瑠加の後姿が。

「デート……ってわけでもないよな？」

「だろうな」

後姿を遠目に見るだけなら、男女のカップルが歩いているようにしか思えないだろう。

しかし、今2人がどんな状態であるかクラスメイトにはよく分かっている。

「ずっと放っておいていいのか？」

「今、オレが話しかけたところでどうにかなる問題じゃない」

「それはそうかも知れないけどよ」

歯痒そうに、須藤はぐっと拳を握りこんだ。

「俺は佐倉と特別仲が良かったわけでもないけど、似たような経験はしたからよ」

かつては池を含め3バカと呼ばれたくらい、山内とはよく遊んでいた須藤。

だからこそ山内の退学では、苦しい思いをしたはずだ。

「でも、あの時の俺とは比べ物にならねえんだろうな。代わりに自分が退学するとまで言い切ることは俺にはできなかった」

波瑠加にとっては、学校生活自体の価値と等しい、いや愛里の存在はそれ以上だったみたいだからな。

「困ったことがあったらいつでも言ってくれよ。ま、俺の力なんて綾小路には必要ないだろうけどな」

「そんなことはない。相談したいことが出来たら遠慮なくそうさせてもらう」

「おう。っつーことで、ちょっと行ってくるわ。またな綾小路」

オレは須藤に別れを告げ、スーパーへと向かうことにした。

3

翌日の朝、オレは恵と待ち合わせをして寮の下で合流した。

「ごめん清隆、待った？」

「大して。行こうか」

横に並んだ恵は躊躇うこともなくオレの手を取り歩き出す。

こうして手を繋いで歩く、という行為も珍しいことではなくなっていた。

「昨日は――夜遅くまでありがと。あたし、凄く嬉しかった」

少し赤面しながら、恵は手を1度強く握ってきた。

「バレたらちょっとした問題行動だったけどな」

門限を過ぎた後も恵はオレの部屋に留まり続けていた。幸いにも帰り際に目撃者はいなかったようなので、ペナルティを受けることはないだろう。

「あはは、確かにね」

どこか横顔が頼もしく見える恵。たった半日でこうも変わるものなのだろうか。

「痛くは無かったか？」

「……それ聞く？」

「聞いたらダメなことか？」

「ダメじゃないけどさ……その、なんて言うか慣れたつもりだったんだけどね」

赤面しつつも、恵は嬉しそうに目を細める。

「ある意味じゃ初めての経験だったから、心は追い付いてなかったかも。だけど、だからこそ清隆が門限なんか気にせず、ずっと寄り添ってくれてたのが心強かった」

確かに、もしオレがいなければどうなっていたかは分からない。

「そうか」

また1つ、恵は昨日の経験から大人への階段を上ったのかも知れない。

屋台骨に支えられた状態ではあるが、恵は手を離して立つことに成功している。

もう立てないと思ったところからの長期のリハビリ。

転んだ時に自分で起き上がることを学ぶことが、何よりも恵にとって重要だ。

他の生徒のように、一朝一夕にはいかない特殊なケース。

それも、いよいよ目途が付いてきたと言えるだろう。

「お、おはよう『恵』ちゃん」

教室につくなり、先に来ていた佐藤が恵を見つけて立ち上がり駆け寄った。

「あ――おはよ『麻耶』ちゃん！」

恵は視線でオレに断りを入れてから、迷わず佐藤と近い距離で話し始めた。

ややぎこちなさを見せつつも、すぐにいつも通り、いやいつも以上に親し気に話し始めた。２人から始まった幸せの輪は他の女子たちにも広がり始め、一時は揉めた篠原やみーちゃんなど、普段あまり絡まない生徒にまで波及していく。

リーダーとして少しずつ力を発揮し始めた堀北は大を束ねるスキルを覚醒させつつあるが、それとはまた異なるもの。小さなグループを作り引き寄せ、まとめる力。

間違いなく恵は、その素質と資質を持ち合わせた存在だ。

クラスを強固にしていく上で欠かせない、それらの事柄と合わせ、順調かと思われた文化祭への道のりだったが、大きな火種となり得る事件の知らせが突如として届く。

「おい、俺たちのクラスがメイド喫茶をやるって本当なのかよ!?」

教室に飛び込んで来た池が開口一番そう叫びながら姿を見せたことが始まりだ。

一部の生徒以外には伏せていた事案だけに、前園は驚いたように立ち上がる。

佐藤や松下、みーちゃんといった発案者たちも一斉に顔を見合わせた。

メイド喫茶のことを知らされているのは、現状スタッフとして参加が確定している一部の女子と声を掛けられた女子だけ。そして文化祭を取りまとめる堀北。

その堀北は池の話に焦りを見せることなく冷静に耳を傾けていた。

もし過剰な反応をしてしまえば、メイド喫茶を本当にやるのだとクラス全体に悟らせてしまうことになる。そして、それは他クラスにとっても同様だ。

もっとも前園たちが強く反応してしまった時点で、その意味は無くなってしまったが。

それにメイド喫茶と言い切っていたのだから、出まかせである可能性は低い。

「どこでそんな話を耳にしたの池くん」

「どこでって、えっと……」

強張った、怒ったかのような顔つきの前園に怯み言葉を詰まらせる池。

「さっき、ロビーで石崎と鈴木と……あと、野村か。3人がこれでもかってくらい大声で話題にしてたんだよ」

「ねえ堀北さん、どういうこと？　まだ秘密のはずだったよね？」

昨日の今日、橋本からの接触も色濃く覚えている松下が近づいてきた。

「ええ。考えられないと思っていたけれど、私が甘かったようね」

石崎たちが騒いでいた時点で、既に答えは明白である。

「これってやっぱり龍園くんが裏切ったってこと？　大丈夫って言ったよね堀北さん」

怒った様子で前園が堀北に詰め寄ろうとした時、教室の扉が開けられると、須藤が少し慌てた様子でやってきた。

「お、おい龍園たちがこっちに来てるぞ」

「……出迎えるしかなさそうね。あなたたちは大人しく教室の中にいて」

下手に外野が参加すると話がややこしくなると判断し、堀北は廊下で出迎えることを決め厄介そうに席を立った。

「よう。わざわざ出迎えに来てくれたのか？　鈴音」

龍園を先頭に、石崎、アルベルト、金田の３人が後ろに続いている。

「物騒なメンバーを連れて何をしに来たのかしら」

「今日はおまえらに話しておくことがあったのさ。なあ石崎？」

「う、うす」

少し緊張した面持ちで、石崎はこっちサイドを見回した。クラスから出るなと言われた生徒たちも、どうしても様子が気になっているのか我慢できずチラホラと見守っている。

特に前園は苛立ちを隠すこともなく龍園を睨んでいる。

「おまえが朝から騒いでた件は、こいつらの耳にもしっかり入ったようだな」

周辺に漂う空気を肌で感じ取った龍園が笑いながら答える。

「正直驚いているわ。あなたは本当に予測しない行動を平気で取ってくるのね」

「クク、予測できる行動なんざしてもつまらねぇだろ」

状況を把握できていない池たちに聞こえるよう、龍園は丁寧に説明を始める。

「鈴音の発案で、俺たちのクラスと体育祭で協力関係を結んだ。そして今回の文化祭でも同様に、早い段階で手を組む予定だったのさ」

正確には文化祭への協力はオレの主導で要請を出したわけだが、ここでは些細なこと。

そして堀北と葛城で話をまとめ、引き続き文化祭で手を取り合うことで合意した。

「出し物が被らないようにする。出店場所について議論する。必要に応じて生徒を貸し借りし、フォローできるようにすること。だったか？」

「その通りです。生徒の相互フォローはもう少し先の予定でしたが。出し物の内容は早い段階で、出店場所についても昨日には教えていただきました」

細かく補足するように、金田はニヤッと笑う。

「あなたは最初から裏切るつもりだったのね。だけど今日までそれを隠していたのは出店場所を聞き出すのを待っていたから、ということね」

「そういうことだ。悪いが、協力する契約は白紙に戻させてもらうぜ」

「白紙に戻すにしては随分な仕打ちね。一方的に出店場所を知った上に、出し物まで暴露するなんて」

「暴露？　石崎たちが雑談してただけだろ。たまたまそれをおまえのクラスや他のクラスの連中が耳にしただけだ。聞き耳を立てるなんざ小さい連中だよなあ？」

クラスメイトたちも状況を少しずつ理解し始める。

「今の話は本当なのかな、堀北さん」

そう訊いてくる洋介にもまだ知らせていなかった、龍園クラスとの継続した協力関係。

「全てが固まったところで話そうと思っていたのだけれど……」

詰めは最終段階にまで入っていたが、ちゃぶ台をひっくり返してきた。

そんな場面であることを洋介も含めクラスメイトたちは知らされる。

「一応理由を聞いてもいいかしら。裏切るメリットは何？　坂柳さん、あるいは一之瀬さんたちと手を組み直しでもした？」

「俺はAクラスを潰す目的で体育祭じゃ手を貸してやった。だが、おまえらは順当に勝ちを積んで美味い汁を吸っただろ？」

体育祭では互いに勝ちを拾ったが、結果クラスポイントは１００の差がついた。

「対等な契約の下に進めたものよ。文化祭の提案だって同じことよ」

「だが、結局のところAを潰してもおまえらBが同じ位置まで浮上したんじゃ意味がねえからな。大したクラスポイントにはならないが、次の文化祭では俺たちが勝たせてもらう。おまえらと同じ出し物でな」

「それってメイド喫茶ってこと？」

同じ、というキーワードに即座に反応したのは前園だった。

「ま、多少コンセプトは変えるがな。似たようなことをさせてもらうつもりさ」

出し物がリークされたくらいなら、それほど重要なことでもない。

しかし、あえて同じジャンルに被せてきたことが、堀北クラスにとって大きな致命傷になることは前園含め立案者たち、そしてクラスメイトにも伝わったことだろう。

1位から4位。１００クラスポイントを得られる4つの席を奪い合う宣言だった。

「わざわざ同じジャンルの出し物で競い合うってこと？　あなたにメリットがあるようには思えないわ」

「確かに客の奪い合いとなれば、他の出し物よりリスクは高いかもな。だがそれがどうした。こっちはおまえらの売上を抜いた上で上位に入る算段があるのさ」

わざわざそんなことを言うためだけにこの場に乗り込んで来た、そんな気配じゃない。

「っつーことで、もっと熱い勝負をしようじゃねえか鈴音」

「……勝負？」

騒ぎは少しずつ大きくなり始め、他クラスの神崎たち無関係な生徒も、龍園の宣戦布告を耳にすることになる。その様子をどこか面白そうに橋本が見ているのは、この事実を堀北クラスが知るよりも先に知ったからだろう。

「1ポイントでも多く稼いだ方が相手のクラスから５００万ポイントを頂く。面白い勝負になると思わねえか？」

「本気で言っているの？　とても正気の賭け金とは思えないわね」

「俺に言わせりゃたかが５００万ポイントだけどな」

クラスポイントを勝手に動かすことは出来ない。

しかし個人が所有するプライベートポイントは自由に扱うことが出来る。

それを利用して『賭け』を提案してきた。

12クラスの競い合いとは別の、１対１の提案。

もし文化祭で上位に入れず敗れたとしても、直接対決に勝てばプライベートポイントが５００万入るとなれば確かに熱い勝負と言えるな。

「まあ、本当は別の相手ともっと高額なバトルが良かったが、生徒会の南雲は今回の文化祭はノータッチだと抜かして逃げやがった。３年はＡクラス以外及び腰だしな。逃げたってわけでもなさそうだったが、相手が見つからない以上仕方がねぇ。２年で対決といこうじゃねえか」

「勝手に話を進めないで。そんな無茶な提案を受けるつもりはないわ」

「おまえも逃げるのか？」

「契約を一方的に破棄された上にリーク。更に同じ出し物で被せてきておいて勝負？　無理な相談ね。ペナルティの取り決めを避けた葛城くんの真意がやっと見えたわ」

「そんなことはもうどうでもいいだろ。俺との戦いに勝つ自信がないのか？」

「そうは言ってないわ」

「ほう？」

「ここまで好き勝手やられて、私としても黙っているわけにはいかない。あなたの提案する賭けを前向きに検討させてもらうことにするわ」

「ククッ、言うじゃねえか。良い返事を待ってるぜ鈴音」

用件を伝え終えたのか、龍園は満足したように引き上げていく。

観客の橋本たちに道を開かせての凱旋だ。

龍園たちが去ったことで、観客だった他クラスの生徒たちも引き上げ始めた。

そんな中、オレと目があった橋本は薄く笑い、肩を竦めて見せた。

まるで『龍園と手を組むってことを理解したか？』そう言いたげな様子だ。

このことは、既に2年生全体、そして全学年へと知れ渡っていることだろう。

龍園の鳴り物入りの参戦も含めメイド喫茶による出し物は厳しい環境に置かれる。

もし他クラスでも同じように検討していたところがあったなら、今から軌道修正をかけたとしても驚かない。

しかしオレたちは既に多くの下準備を始めてしまっている。

「どうするの堀北さん。私たち、かなり準備を進めてるよね……？」

「本当に龍園くんのクラスはメイド喫茶にしてくる？」

前園たちが堀北に不安と、そして隠そうとしている不満を抱えて声をかけた。

「可能性は高いわね。単なる脅しだけとは思えないわ」

「今から別の出し物にシフトするのはどうかな」

事態を好転させるためには、その選択肢も考えるべきだと洋介が発案するが……。

「それはできないわ。予算の一部は、もう投入してしまっているもの」

メイド服の発注などは可能な限り済ませてしまっているからな。

これまでに費やしたコストを捨てることは出来ない。

止めてしまえば貴重な資金をドブに捨ててしまうことになる。

この先どのように立ち回っていくのか、減っていく時間と共に再検討できればいいが。

まさにサンクコストバイアスの状態に陥ったと言えるだろう。

「この状況をむしろ利用するしかない。５００万ポイントとはいかないにしても、賭けに乗って多くのプライベートポイントを得るチャンスに変えましょう」

もちろん、この提案をクラスメイトが承諾すればの話だが。

大金を用意するには全体で協力して捻出し合う必要があるからだ。

4

裏切り行為によって暴露されてしまった堀北クラスのような例もあるが、どのクラスがどこの場所に出店するのか、どんな出し物をするのかは表向き当日まで不明だ。

しかし大掛かりになればなるほど、その日に向けて事前に準備を始める必要がある。

事実出店場所と思われる各ポイントには、着々と各クラスの手が入り始めていた。

そんな中、意外な情報が知れ渡ったのは南雲率いる3年Aクラス。

最初から隠す気などなかったのか、体育館という大きなスペースを借り切って『お化け屋敷』と『迷路』を融合させた出し物をやるらしいとの噂が飛んできた。

クラスポイントを競って稼ぐ必要のない、王者の風格とでも評すべきか。

恐らくは南雲主導ではなく、クラスの総意としてやりたいことをやらせている。勝つことは二の次だと思わせられるような運びをしていた。

運び込まれる小道具などを遠目に見ているだけでも、相応の資金を投入している。それを示すかのように、ついには昨日から3年Aクラスは独自にプレオープンを告知。

希望する生徒たちに実際に迷路お化け屋敷を体験させ意見を募り始めた。当日来賓たちへクオリティの高い出し物を見せようという気概を感じずにはいられない。

文化祭について右も左も分からないオレとしては、どんな形であれ他のクラスが行う出し物を肌で感じてみたいと思うもの。

放課後になると、オレはプレオープンに参加するため体育館に足を運んでいた。

何日かに分けてプレオープンをするためか、初日でも1年生や2年生の姿はそれほど多くなかった。

照明の落とされた体育館は普段とは異なりおどろおどろしい雰囲気が少し出ている。

列の最後尾に並んで程なく、よく聞き覚えのある声が聞こえてきた。

「凄いね生徒会長。堂々と公開しちゃうなんて」

「これだけ大掛かりなら、隠し通すのは簡単じゃない。練習も兼ねてとなれば、早い段階で情報を解禁したのは賢い判断だった」

軽く振り返ると、近づいてきているのは一之瀬と神崎。

どうやらオレと同じように偵察を兼ねて様子を見に来たらしい。

「あ……」

並ぼうとしたところで、当然オレの存在が2人の視界に入る。

いち早く過敏な反応を見せた一之瀬は、本当に軽くだけ頭を下げて視線を逸らした。

神崎は無言でそんな一之瀬とオレを一瞥し列に並ぶ。

気まずい沈黙が流れ始めた中、列は思うように動かない。

初日ということもあってか、3年生たちもスムーズに進行は出来ていないようだ。

「……そ、そうだ。私ちょっと、その、急用を思い出しちゃった。神崎くん、悪いんだけど任せてもいいかな……？」

明らかな出まかせだったが、神崎は疑問を感じることもなく承諾し頷く。

「ま、またねっ」

どんな時でも非情になりきれないというか、律儀に一之瀬はこっちにも一声かけて列を抜け出した。後にはオレと神崎だけが残され重ためな空気が流れる。

何も知らない生徒でも、少しは理由に気付きそうな状況。それが神崎ともなれば、状況は火を見るよりも明らかだろう。

「調子は？」

それとないことを聞いてみたが、すぐに神崎の顔は険しいものに変わった。

「いいと思うのか？」

ジワジワとクラスポイントを落としてきた一之瀬クラスが、調子の良いはずがない。

半ば挑発のようにも聞こえてしまっただろう。

名前を記入して、ルール説明を受ける。

説明とは言っても最低限のマナーのようなもの。

『中での携帯の使用は禁止。必ずマナーモードにすること』

『大声での雑談の禁止』

『無意味に中に留まらないこと』

『基本的に制作物に手で触れたりしないこと』

説明を読み終える頃、神崎は列を離れこちらに背を向けていた。

恐らく一之瀬が戻って来るのを待つつんだろう。

オレが体育館を去る頃には帰って来ると踏んでの判断だ。

神崎のことは放っておき説明に承諾のサインをしてから、オレは一歩足を踏み入れた。

壁に覆われたお化け屋敷は当然狭くかなり視界が悪い。

均一ショップで買ったと思われるライトだが、光量を絞るためかテープが巻かれているので、明かりとしての役目はそれほど果たしてくれない。

最近はよく、ネットも活用して文化祭について調べることが多いが、ここまでの高クオリティを出せるものなのか。

素直に3年生、いや3年Aクラスの技術力の高さに驚かされる。

オレはお化けの存在を無視してより注意深く観察を始めた。

当たり前と言えば当たり前だが、基本的に飾り付けられた装飾品で雰囲気を出し、肝心の脅かす部分の大半は人間の手で行われている。

ろくろ首の長い首は、その裏に潜んだ生徒がやって来る客のタイミングに合わせて。

落ち武者が飛び出し刀を抜くのも当然別の誰かが行う。

まだ制作途中であることを明示した仕掛けも複数あるが、本番ではそれらの完成に加えてクオリティもあげてくるだろう。

大人に対しての受けは然程よくないかも知れないが、その家族、とりわけ子供たちには大きな人気を博すかも知れない。値段設定が高ければ敬遠されがちになるが、それが子供からの希望となれば財布の紐も緩むだろう。

これからメイド喫茶の方針をより固めていく上で、これは重要なファクターになる。

道のりの中ほどに差し掛かっただろうか。

左へ、と書かれた看板に従って移動しようとしたとき視界の影が動いた。

また新しい仕掛けでこちらを脅かしに来たようだ。

「わあ、ああああっ⁉」

本来は悲鳴を上げる側であるはずのオレを無視して、飛び出してきた幽霊が目の前で段差に躓いて盛大にずっこける。3年Aクラス朝比奈なずなだ。

演出かも知れないと思い手助けはしなかったが、悶絶している姿を見て予期せぬ事故で

あることを確信する。

　この暗闇では足元が疎かになるのも無理はないが……。

「痛い、痛いッ!!」

「……大丈夫、ですか？」

　既に生きているはずのない幽霊に手を差し伸べるある意味で怖い絵面だ。

「あ、ありがと……いたたたた」

　どうやら自力で立つことも困難らしく、その場に座り込んでしまう。

　このまま放置していくわけにもいかないため、オレは肩を貸すことに。

「出口はどっちですか？」

「え？　で、出口……？　多分こっち……かな……？」

「心配なら引き返しましょうか」

　入り口までの道のりは覚えているため、手を貸しながらでもすぐ戻れるはずだ。

「大丈夫だって、先輩を信じなさ……っつう……！」

　痛みに声を上げる。無駄に虚勢を張って決めポーズを取ろうとするからだ。

　とても信用出来なそうな指示だったが、ここは大人しく従った方がいいだろう。

　一からオレが手探りで出口を目指すよりは速いはず。

　何度か迷い、そしてクラスメイトの脅しに怖がる先輩を連れながらも出口へ辿り着く。

　すぐに朝比奈を任せて立ち去るつもりだったが、プレオープンの関係上、手の空いている生徒はいないようだった。

「私のことは気にしないで。ありがとう綾小路くん。ちょっと休めば平気だと思う」

オレはしゃがみ込んで朝比奈の足首を確認させてもらう。

「ちょ、ちょっと？」

「見せてください」

「う、うん……」

ちょっと捻ったというには、早い段階で腫れ始めている。

適切な治療を受けなければ後に影響することになってしまう恐れもありそうだ。

「保健室に行った方がいいかと。文化祭で戦力外になると大変じゃないですか？」

「そう、だね。うん、そうしようかな」

1人で立ち上がり歩き出そうとして、痛みでままならないことを悟ると、無事である左足だけで立ち片足で進む方針へとシフトする。

しかし小さく飛び跳ねるたびに右足に振動が伝わり苦悶の表情を浮かべる。

「やっぱり手を貸しますよ」

「うう……でも……」

恥ずかしいから、そんな感情が全くないわけではないだろうが、どうやらオレの手を借りるのに抵抗があるのは他の理由がありそうだ。

「南雲生徒会長、ですか？」

「……分かっちゃう？」

「まあ。何となくですけど」

「綾小路くんがAクラスの生徒と絡んでるのを見たら、多分良い顔しないからさ。私のせいで君に迷惑をかけるわけにはいかないじゃない？」

自分の怪我よりも、こちらを心配してくれているようだ。

「心配いりませんよ。もう南雲生徒会長には相手にされていないでしょうから」

「そう、なの？」

「買いかぶりだったことに気が付いたんじゃないでしょうか」

オレは朝比奈に手を貸すことを決め、保健室まで連れて行くことにした。

「ありがと、ね」

やや目立つ格好なのは困りものだが仕方ないだろう。

肩を貸し、何人かに好奇の視線を送られつつ保健室までやってきた。

すぐに先生が処置を施すため、ベッドへと座らされる。

準備をするため少し待つよう指示された朝比奈。

そろそろ立ち去ろうと思って背を向けようとした時、声をかけられる。

「そう言えば綾小路くんのクラス、災難だったね」

保健室を出るタイミングを逸して、オレは立ち話を始める。

「もしかしてメイド喫茶をやるって話、情報漏洩のことですか？」

「うん」

まさに今朝、龍園の手によって行われた策略。

オレたちが密かに進めていたメイド喫茶の出し物が学校中に知れ渡った。

当然早い段階で出し物を知られることには、基本的にデメリットの方が多い。

「Cクラス……龍園のクラスも喫茶店での参戦に名乗りを上げましたからね」

単純に競合店が出来るため、同じ目的の客を奪い合うことになる。

「2クラスが似た出し物で戦うことで、追随がなくなることを期待するしかありません」

「3クラス4クラス同じ出し物をしても、お客さんの取り合いが酷くなるだけだもんね」

後から追ってもリスクを高めるだけ。

片手間に出店する戦略も取れなくはないが、かと言って、多くのリソースを割いている

オレたちに勝つのは簡単ではないだろうからな。

程なく先生が包帯などの治療道具を持ってくる。結局治療の過程を見守ることに。すぐ

に治療は終わり、安静な状態で数日待てば問題なく歩けるようになるとのこと。文化祭に

支障がないことが分かると、朝比奈は堪えていた痛みと安堵を同時に吐き出した。

「あー良かった。こんなことでクラスに迷惑かけたくなかったから」

「クラスの優位性は変わらないでしょうし、気にするほどのことでもないのでは？」

文化祭で最下位を取ったところでクラスポイントを失うこともない。

「そうもいかないよ。クラスポイントは沢山あるに越したことはないからさ。今回の雅の

放任だって、結構反感持ってる子はいるんだから」

目を伏せながら朝比奈が続ける。

「勝ち上がりを決めていない生徒にとっては、クラスポイントは1ポイントでも多く必要でしょ？　文化祭だって1位を取ればその分卒業までに手に入るプライベートポイントは多くなる」

南雲が支配する3年生のルールから鑑みれば、1人でも多くの生徒をAクラスで卒業させたいと考えるのは自然なことだ。

Aクラスとしても Bクラス以下を見捨てるのは忍びないらしい。

「一応、建前上はA以外に競わせて1位を取ったクラスの中から1人拾い上げるとは言ってるみたいだけどね」

それなら残された3クラスからの不満も強くは出ないということか。

しかしそれでも、クラスポイントを少しでも多く手に入れようという気概を見せなければ完全に抑えることは出来ない。

勝つことを放棄した3年Aクラスへの圧は、今後ますます増していくことだろう。

「さっきの話なんだけどさ。綾小路くんは雅が買いかぶりに気付いたって言ったよね？」

「ええ」

「最初はそうかって思った。だけどやっぱりそれは間違ってるかも」

「どうしてですか？」

「雅とハッキリと勝ち負けが決まったわけじゃないんでしょ？」

「それは、そうですね」

オレと南雲は1度も真っ向から勝負をして決着をつけたことはない。

「だったら、やっぱり終わってないと思う」

「オレにその気はありませんよ。どんな手を使ってもその気になるとは考えていません」

こちらを相手にするだけ南雲の無駄である。

「それは関係ないんじゃないかな。むしろ……今よりも悪い方向に進むかも。綾小路くんじゃない、だけど身近な人に何かするってこともある」

これまでの3年間、傍で南雲を見てきた朝比奈にだけ見えていることもあるだろう。

「堀北元生徒会長といい、生徒会長は勝負が好きですね」

「あー、うん。それは間違いないと思う」

「誰かに明確に負けたこととかはないんですか。少しくらい躓いたことがあるんじゃ？」

これまでの南雲の態度を見て来れば、自ずと推察は出来るが。

「雅は……1度も躓いたことなんてなかったかな。少なくとも私の知る限りは」

クラスメイトからの南雲に対する勝利への信頼は厚い。

「南雲生徒会長が優秀な人間というのは疑いようのない事実でしょう。もし偽りの実力だったなら、ＯＡＡを誤魔化すことも生徒会長になることも不可能だ」

政略だけではどうにもならない部分は少なからず存在している。

「あいつは1番が好きだから。だからこの学校でも1番になるために戦ってきた。結局生徒会長にまで上り詰めるんだから、まさに有言実行ってヤツだね」

「ただ、南雲という人間が1番であるかと聞かれれば、オレは即否定します」

「それはどうして……？　これまで特定の誰かに負けたことはないよ」

「それは対戦相手に恵まれたからだとオレは考えてます」

南雲が弱いわけじゃない。

ただ、南雲の戦う相手が弱かったことは疑いようがない。

「彼の最大の不幸は、同学年に自分と同等以上、かつ競い合ってくれる人間がいなかったことではないでしょうか」

「好敵手……ライバルがいなかったってことね？」

「そうです」

不幸にも格下ばかりと競って来たことで、南雲は労せずして1番を取り続けてきた。もちろんスタートダッシュこそ2番3番だったことはあるだろうが、すぐに抜き去り独走状態になってしまった。

一通り走り終えたところで振り返ってみても、誰も追ってこない。

南雲には勝てないと諦め、歩いたり立ち止まってしまった者たちばかり。

時に鬼龍院（きりゅういん）のような才能を秘めた人間も周囲にはいただろうが、南雲を追いかけ追い抜こうとしなければ、それは道端の雑草や石ころと何ら変わらない。

競い合う厳しさや難しさ、負けることの悔しさを小さいうちに経験していなかったことが、ここまで南雲の考えを歪ませてしまった原因と見ていいだろう。

オレに対し奇妙な復讐を計画し実行しているのも、負けた、あるいは劣っている、劣等感のようなものなどなく、ただ表舞台に引きずり出すことに意識を向けている。

体育祭で1対1の勝負を希望してきた時も、自分が負けるなどとは思っていなかった。

もちろんオレの全てを知っていたわけではないため仕方ないが、仮にオレの全力を身近で見ていたとしても、南雲は自分が勝つことへの疑いを抱かなかっただろう。

本当の意味で敗北を知らない男。連勝に次ぐ連勝を続けてきた弊害。

「もうこの学校で戦うこと、止めたらいいんだけど」

「どうでしょうね」

「このまま何もなければいいんだけどさ……」

そうはいかないだろうな。

この文化祭で、間接的に伝わってくる南雲の様子が露骨に変わった。

大衆が見れば単に南雲の好戦的な面、好奇心が抑えられただけのように思えるだろう。

しかしそうじゃない。

これは嵐の前の静けさ。

南雲はこの後、オレに対して……いやオレ以外に対しても何かをしでかす。

1人2人の退学では済まないかも知れない。

これまで南雲を蔑ろにしてきたツケとでも言うべきか。

ここまで膨れ上がった爆弾を放置すれば、今あげたような展開が待っている。

あいつは、学は言っていた。


『南雲のやり方では大勢が不幸になる』と。


それは半分当たっている。

もちろんオレがその要因に一役買っていることは否定しないが、元々南雲の感情や思考回路にはその選択肢がくすぶっていただけのこと。

残る半分は外れている。

それは、南雲のやり方によって本来Aクラスで卒業できなかったはずの生徒たちがそのチャンスを確かに得ているということ。

3年生だけでなく、1年生や2年生も限定的だがクラス移動チケットを得ている。

使い方に制限こそあれど、それは学の時代には存在しなかった代物だ。

去年までのオレだったなら、南雲の行動をこのまま見守っただろう。

「少しだけ南雲生徒会長に興味が出てきましたよ」

「今の話を聞いて？」

「ええ」

これまで、一度たりとも感じたことのない興味が底から湧き上がる。

「やっぱり君って変わってるよね」

包帯の巻かれた足に視線を落とした後、朝比奈（あさひな）は小さく笑った。

「出会いは偶然だっただろうけど、そんなだから雅（みやび）が戦いたがってるのかも」

思えば、朝比奈と接点を持ったのは『偶然』というのも大きな要因だったな。

偶然——か。

オレは彼女との会話の中で、1つのロジックを組み立てていく。

今言った偶然はコントロールの利かないものだ。

だが、コントロールが全くできないわけじゃない。

何故（なぜ）なら偶然とは、その視点、見方一つで見せる形を大きく変えるからだ。

朝比奈なずなとお守り、偶然の存在と南雲（なぐも）雅。

これは1つのテストケースとしても悪くない。

実験で失敗を積み重ねた先に、成功が待っているように。

5

朝比奈を保健室に残し、オレは体育館へと戻ってきた。

もう一つ気になっていた神崎（かんざき）、そして戻ったことが予想される一之瀬（いちのせ）の様子を探るためだ。下手に目立つとまた同じ事の二の舞のため、入り口から遠い位置へと歩みを進める。

列の中に神崎の姿が見えないことから、中に入っているか既に立ち去ったか。

たださっきの様子では一之瀬の戻りを待つことは決定的。

怪我をした朝比奈を連れ出した時はちょっとした騒ぎになったため、一之瀬の帰りを待ちつつオレが立ち去るのを待っていた神崎が見逃すとも思えない。

それから保健室に行って戻ってくるまで15分ほど。

あの後すぐに一之瀬が戻っていれば別だが、多少離れたところにいたのならまだ中に入っていても不思議はない。

全体的な観察を行いつつ、出て来る生徒の顔ぶれにも注目することにした。

それから数分後。

出口から神崎がゆっくりと姿を見せた。

やはりまだ体育館に残っていたか、そう思ったが驚いたのはその後だ。

間違いなく一之瀬が隣にいると思っていたが、神崎は1人だった。遅れているわけでもないのだろう、背後を気にしている様子はない。

そのまま立ち去るかと思った神崎は、辺りを見回すとオレの姿を見つける。

そして数秒こちらを凝視した後近づいてきた。

「やっぱり戻ってきたか。怪我の方は大したことはなかったようだな」

もし大ごとになっていれば、オレがこうしてのんびり立っているとは考え辛い。

そのことから神崎が推察したんだろう。

「一之瀬がいないことが不思議だったか？」

「正直に言えば少し」

「保健室から戻って来るおまえとバッティングする可能性を危惧して呼ばなかった。それにプレオープンはまだ開催日が残っている」

急がずとも一之瀬には見学する時間が与えられるということか。

ある程度は一之瀬クラスの出し物も方向性は定まっていそうだな。

もし手探りなら、オレがどうなどと四の五の言わず見学を強行する必要がある。

「さっきの話の続きがしたい。おまえのクラスは随分と順調なようだな」

それは無人島試験から満場一致特別試験まで、もう少しさかのぼれば2年生になってからの一連を指しているのは明らかだった。

「無傷なわけじゃない。神崎のクラスと違ってこっちには欠員も出ている。クラスポイントだけじゃ見えないマイナスも抱えている」

「見えないリスクを抱えているのはおまえたちだけじゃない。見えている分がプラスになっている点を鑑みれば随分と差を付けられた」

妬みというよりは、率直な神崎の意見といったところだろう。

「おまえたちのようなクラスが、いずれは坂柳のクラスと戦うことになる」

1つ引っかかるのは神崎のどこか達観したような、一歩引いた自クラスの評価だ。

「もう諦めたのか？　Ａクラスに上がることを」

「……そうかもな」

否定ではなく肯定寄りの返答をした神崎。

心中を察するのはそう難しくない。けして悲惨な結果を出しているわけではない一之瀬のクラス。遅刻や欠席、素行問題、そういった点ではクラスポイントをほぼ落とさない真面目な一面と、特別試験で大きなミスをすることも少ないため、大幅にポイントを失うリスクも低い。しかし言い換えれば、特別試験で大きく跳ねる機会に恵まれない。

「ジワジワ沈んでいくクラスの状況に、まだ誰も気が付いていない。気が付いていないフリをしているだけならまだ可愛い方だが、本心から全員がそう思っている」

「神崎だけは違うようだな」

「それも少し前までの話だ。１人で反旗を翻したところで意味などない」

「つまり諦めたのか？」

「俺たちのクラスはＡクラスには上がれない」

ここにきて、ハッキリと神崎は言い切った。

「可能性が０になったのなら、後はもう別の方法を模索するしかない。どうせ沈むのなら１人でも多く脱出できる機会を設けるべきだ」

「２０００万ポイントを貯めてのクラス移動か」

「南雲生徒会長が実際に実行し、効果を示しているからな。一之瀬にプライベートポイントを集中させることはこれまでもやってきたこと。その割合を極限まで増やせば2人か3人か、最低でもAクラスへ移動させることが出来る。それに体育祭では初めてクラス移動チケットの存在も示された。もちろん簡単に獲得は出来ないだろうが、プランが増えたことは純粋に嬉しい要素だ」

「わざわざオレに内情を話す理由は？　攪乱を狙っているとも思えないが」

「何故だろうな。俺にも自分自身の行動がよく分かっていない」

らしからぬ内容の返答だ。

自分でそう答えながら、その回答が気持ち悪かったのか理由を模索し始める。

「吐き出す先がなかった。だからかも知れないな」

日常生活における悩みならば、クラスの内外に関係なく親しい者たちの間で共有され解決へと向かう。しかしことクラスの悩みとなれば、必然的にクラス内で解決を目指すことになる。Aクラスを諦めてのクラス移動でしか救いはない。そんなことをクラス内で言えば不協和音に包まれることは避けられない。

一之瀬のクラスでは同調を得ることも不可能だ。

「俺の話を理解できて、下手に口外しない人物だとおまえくらいしか浮かばなかった」

捌け口としては最適だと考えたわけだな。

もちろん、単純にそれだけの理由でもないだろう。

一之瀬に強く影響を与えているオレへの、恨み節という面もありそうだ。

「おまえと一之瀬の間に何があったのか、どういう関係があるのかはどうでもいい。満足に偵察も出来ないような悪影響を与えていることも些細な問題だ」

「言い方にはトゲがあるけどな」

「それくらいは許してもらおう。それなりにフラストレーションは溜まっている」

軽く手を上げ、帰ることを伝える神崎。

勝つことを諦めたクラスの参謀の背中は、いつもよりも一回り小さく見えた。

ここで呼び止めるのは少々野暮だが、今の神崎をそのまま帰すわけにはいかないな。

「近々、時間を取れないか？　今後について、少し話をしておきたい」

「今じゃダメなのか？　その今後とやらについて話し合うだけの時間はとれる」

「悪いが今は3年生の出し物について研究したいんだ」

それに、今話し合いを始めたところで何ら前進させることは出来ない。

今後を話し合うためには、未来へと踏み出せる別のピースが必要になってくる。

「そういうことなら、まあいいだろう。いつでも連絡してくれ」

6

週末の金曜日。

オレはある生徒に会うため、普段あまり足を向けることのない場所に来ていた。

ノックしてから生徒会室の扉を開けると一瞬南雲は驚いた顔を見せた。

南雲以外に生徒や教師の姿は見えず、朝比奈からの情報通り今日は1人だったようだ。

向こうにしても、オレが来たことは想定外だっただろう。

ついさっきまで見ていたのか、左手に携帯が握られている。

歓迎しない来訪者だったはずだが、追い払うことはなく入るように促す。

「失礼します」

バタンと室内へ通じる扉が閉じられると、2人だけの静寂な時間が流れる。

「なずながどうしても時間を取ってくれと言うから待ってみれば、尋ね人がおまえだったとは思わなかったぜ。生徒会に用件か？」

「いえ。生徒会に用はありません。南雲生徒会長個人に話があってきました」

そう言うと、椅子に深く座り直し手にしていた携帯を机に置く。

「だとしたら、よく俺の前に顔を見せられたと褒めるしかないな。そうだろ？　綾小路」

「体育祭の件を仰ってるんだと思いますが、体調不良は欠席の理由として認められていますから、正当な権利じゃないですか？」

「笑わせるなよ。体育祭が終わった次の日、ケヤキモールでおまえの元気な姿を目撃したヤツもいる」

「1日で治ったんです」

「見え透いた嘘だな」

「真実かも知れませんよ」

ちょっとした言葉遊びだったが、南雲はこれ以上の追及を無意味と悟ったようだ。

「真実か嘘か、そんなことはもうどうでもいい。とにかく、ここに来た理由を聞かせてもらおうか」

面倒くさそうな態度は、本心からのものだろう。

さっさとオレとの話し合いを終わらせて帰りたい、そんな気持ちを隠そうともしない。

ただ、そんな見え透いた態度は本心を隠している証拠でもある。

「座ってもいいですか。少し長くなると思いますので」

「生徒会長としての俺に用があるわけじゃないと言ったな。なら、おまえの話を断っても構わないってことでもあるよな？」

生徒会の長である南雲としては、好まない相手でも耳を傾ける用意はあった。

しかしそうでないのなら、これ以上話を聞きたくないらしい。

まあ、当然と言えば当然のことだ。

「聞く耳を持っていただけないのなら、帰ります」

個人の南雲が、オレと対話することすら億劫になったのなら仕方ない。

いや、そうはならないだろう。

仮にオレへの興味が完全に消え失せているのなら話は別だが、奥底ではまだ火種は残っている。

つまり断ってくることは絶対にない。

そう言い切れるからこそ、オレもまた貴重な時間を割いてここに足を向けた。

僅かな沈黙の後、南雲は座れと指示してきた。

正面から向かい合えるように、オレは椅子を移動させて腰を下ろす。

「悪いが飲み物はないぜ」

「構いません」

謝罪をしに来た態度でもないことは、こちらの様子を見ていれば分かること。

向こうにしてみれば、今更何をしにここに来た、そんな感情だけだろう。

「それにしても3年Aクラスがプレオープンを行うとは思いもしませんでした。出し物を公開するのはデメリットと考えるのが普通ですから」

「どこかの間抜けなクラスは出し物が暴露されたって話もここまで届いてるぜ」

「耳の痛い話ですね。そういえば龍園は南雲生徒会長のところにも足を運んだとか」

「俺と数千万を賭けて差しウマ握れと迫ってきた」

「断ったそうですね」

「おまえとの勝負も流れて俺の学校生活は全て終わった、消化試合だ。その結果文化祭はどうでもいいものに変わった。なら、わざわざ俺が指示を飛ばすまでもない。卒業までの思い出に好きなことをやらせてやってるだけだ」

どんな出し物をするのか全てオープンにして、どこの学校にでもあるような普通の文化祭を楽しむ、そんなスタンスに切り替えたわけか。

　1位を取ろうが12位を取ろうが3年Aクラスの盤石さは変わらない。

　Bクラス以下が不満を漏らそうとも南雲にはどうでもいいことなんだろう。

「しかし数千万ですか。クラスからかき集めても足りそうにありませんけどね」

　収入もあるが散財も多い龍園クラスは、その懐具合もけして暖かいわけじゃない。

「自分も含めて好きな生徒の退学権利をやると言ってたな」

　用意できない資金の分は生徒自身を担保にするつもりだったのか。

「去年の俺なら、その提案に乗ってたかもな。関係ない学年だが退学を賭けての勝負なら面白くなっただろうしな」

　既に学校への熱意、興味を失ってしまったと南雲は語る。

「競い合いをしたいなら勝手にすればいい。おまえらが何をしようと自由だ」

「個人の考えは分かりました。しかし納得しない生徒も多いのでは？」

「俺に文句を言える奴はいない。そんなことをすればAクラスの地位は保証されなくなるからな。本番が近づけば俺から、いや建前上は生徒会から悪くない提案をしてやるつもりだ。必死に勝とうと足掻いてるクラスへのちょっとした手助けだな」

「なるほど。色々考えているんですね」

「仮にも生徒会長だからな」

　模範のような解答をした後、南雲はため息をつきながらこう促した。

「とりあえず、用件を聞こうか」

「オレの望みは南雲生徒会長との対話。それだけです」

「言ってる意味が分からないな」

「俄かには信じられませんか？　オレも少し自分の行動に驚いてます。今まで、オレは南雲生徒会長とは距離を置くことに努めてきましたから」

そんなことは南雲自身がよく分かっている。

だが、どうしてそうなのか、その根底までは分からなかっただろう。

「何故だか分かりますか」

「さあな。俺の実力を恐れて、なんてことじゃないんだろうがな」

「前の生徒会長だった堀北学とはまた違って南雲生徒会長は周囲の目を惹きつける。オレのような日陰の人間が相対するにはいささか眩しすぎるから、そういう理由もあります」

「なるほど。だがそんなものは建前ってことだろ？」

見せかけの敬意など軽くあしらわれ、その裏側にある本心の露呈を促す南雲。

「興味がなかったんです」

身も蓋もない、ただ本心だけを口にするならそれに尽きる。

一定の能力を認めつつも、それだけ。

だからこそ南雲が何をしようと、オレはかかわりを持つ必要はないと考えていた。

「今のことを他の誰かに言われたなら、俺も少しは腹を立てたかもな」

「失礼な物言いになったことは――」

「謝罪は必要ないだろ。おまえがそう感じるのはおまえの自由だ。本心を話すようにさせたのも俺だからな」

そう言った南雲だったが、すぐに付け加える。

「ただ、それでもその発言がおまえじゃなかったとしたら、すぐにでも考えを改めさせたと思うぜ」

嫌でも興味を持つように、発言者当人を陥れることに迷いはしなかっただろう。

南雲の権力と力をもってすれば、それは難しい話じゃない。

「もうすぐ生徒会長としての任期も終わり、南雲生徒会長はそのままAクラスに残り続けて卒業していく。それでいいと思っていました。つい先日までは」

「今のおまえは違うとでも？」

「心境の変化があったんです。直接向き合っても良い、そう感じたからこそここに来ました」

牽制（けんせい）や見せかけだけのお世辞、偽りの喜びや怒りは不要だ。

思っていることをそのまま口にする方が、今後のためにもなる。

オレからの言葉を待つ南雲に今日ここに来た一番の目的を告げることにする。

「南雲生徒会長に提案があります。今度はオレから生徒会長へ勝負の提案をさせてもらえないでしょうか」

恐らく、こんな発言をすることは南雲の頭の中にはなかっただろう。

「気に入らないな。おまえらしくない」

心境の変化、そんな解答だけで南雲は納得することはなかった。

「その心境の変化とやらが訪れたのが具体的にいつかは知らないが、遅すぎるんだよ。おまえは俺が与えた体育祭のラストチャンスから逃げた。おまえの本心から言葉を借りるとするなら、興味がなかったわけだ。そうだろ？」

「そうですね。都合のいい話だとは思ってます」

「ああ、その通りだ。再三の機会を自ら放棄しておいて、心境の変化を理由に今更勝負を頼まれたところで、素直にイエスと答えられるはずもない」

南雲は姿勢を変えないまま、何ら遠慮しない態度を見せ続ける。

「さっきの体育祭の話にしてもそうだ。終始体調不良だったと言ってるが、それも明らかな嘘だと俺は判断している。それに、無人島の一件を忘れたとは言わせないぜ？」

「なら、あの時と同じ再現を、今度は逆の立場で行いますか？」

ここで南雲がオレの腹に1発叩き込めば、一応行動としての詫びは入れられる。

もっとも、そんなことで納得し手を打つ相手ではないだろう。

「同じ1発だと思ってるなら笑えないな。俺とおまえじゃ価値に大きな差がある」

当然、提案など議論の余地すらない。綾小路清隆と南雲雅の間には、少なくともこの学校においてそれだけの違いがあるのは明白だ。片や2年Bクラスの平凡な生徒で、相手は

3年Aクラスのリーダーかつ生徒会長を務める人間。

比較することすら許されないだけの『実力差』があるわけだ。

「まあ今そのことを詰めても仕方ないから棚上げするが、俺がおまえに勝負を持ち掛けることは許されても、おまえが俺に勝負を持ち掛けることは許されない。分かるな？」

「分かりますが、それこそ棚上げですよ。今目の前にオレがいて、南雲生徒会長と戦っても構わないと言ってるんです。それで納得していただけませんか？」

血に飢えている狼に、わざと指先を切って血液を垂らす。

しかし、目の前の狼はそうやすやすと食いついては来ない。

これまでのように無防備に挑発するのではなく、強い警戒心を抱いている。敵だとすら思っていなかった以前なら、既に指先にその牙を突き立てていたはず。本人は気付いていないだろうが、それこそが、南雲がオレを敵だと認識している証拠でもある。

「おまえは本当に変わってるな。俺相手に臆することは一切ない。いや、俺だけじゃなくて堀北先輩に対してもそうだったか」

堀北学がいた頃を思い出すように、南雲は窓の外へと視線をやった。

本来の望みは、オレなどではなく学と戦うことだろう。

その目標こそ叶わないが、他に代役が存在しないのも事実。

「――――仮に俺がおまえと勝負をするとしてどうするつもりだ？　2学期も折り返しを過ぎてもうすぐ3学期だ。もう知ってると思うが文化祭での売上を競おうにも、俺はクラスの連中に全権を委ねた。今更それを返せとは流石に言えないだろ。かと言って次の特別試験を待とうにも、全学年による競い合いが行われる保証もない」

運に身を任せ、まだ全学年による戦いがあることを期待して待つ。

そんなことが出来ないわけじゃないが、それはあまり現実的とは言えないだろう。

「何より、学年が違う中で本格的に競い合うことが困難なのは、前生徒会長とのことでもよく分かっていますよね？」

去年の体育祭、合宿など、南雲は堀北学との勝負に固執していた。

どんな形でもいい、どんな小さな勝負でも白黒を付けたいと願っての強行。

しかし学はそんな南雲の挑発を上手くかわし、大局を巻き込んでの勝負はしなかった。

「他の誰よりもな。調整のためにどれだけ苦労するか。今年だけじゃない。去年もおまえのせいで堀北先輩との勝負は実現しなかったからな」

そういった意味でも、南雲にとってオレは常に喜ばしい存在じゃない。

「今から話すことを聞いて、対決が実現するかを考えてみてください」

そう言うと、南雲は少しだけ姿勢を正すように椅子の奥へと座り直した。

学校が出す特別試験は不明なものが多い以上、幾つかのパターンを用意しておく。

どんな形で迎えたとしても、対決を実現させるための手段は存在するからだ。

全てを話し終えると、南雲は黙ったまま考え込んでいるようだった。

「100％万全な勝負を実現できるかは分かりませんが、現実味は帯びたと思います」

「確かにそうだな。だが本当におまえの言うプランが実行できるとでも？」

「既に南雲生徒会長にも状況は見えているはずです。日々傍で彼女のことは観察していますよね。だったら詳細を把握していないはずがない」

「なるほどな。俺はあの時おまえに揺さぶりをかけるつもりだったが、動揺するどころかそれを逆に利用しようってのか」

「こちらからの提案、受けて頂けますか？　それとも受けて頂けませんか？」

オレにしては随分と長いこと話し込んだかも知れない。

しかしこの会話による作業は南雲との交渉では必要なこと。

「受けてやってもいいが……」

前向きな返答こそ返ってきたが、その言葉には他の意味も含まれている。

「だがおまえの本当の目的はなんだ」

「信じられませんか？　オレが南雲生徒会長と勝負をしたいだけだと」

「信じられないな」

確信しているかのように、間髪入れずそう言い返してくる。

オレは少し嬉しくなりつつも、あえて次の南雲の言葉を待つことにした。

「さっさと本題を話せ。俺が提案を受けるか受けないかはその後で考える」

準備ができているのなら、遠慮せずもう一つの本題を切り出させてもらおう。

「南雲生徒会長にお願いがあります」

お願いの内容、そして具体的な展開も踏まえ説明を行う。

それを聞き終えた南雲は、1年間座り続けた生徒会長の椅子に深く座り直した。

「言いたいことは分かった。が、それは俺との勝負を望んだ上での提案じゃないだろ。おまえの望む展開にするために仕方なく俺との勝負を持ち出した。そうだろ？」

「半分は正解ですが、半分は不正解です。オレ自身が南雲生徒会長への見方を変えたからこそ、勝負をしてみたいと思ったのも本当です。ただ、半分は面倒なことでもあると感じています」

「正直なヤツだな」

「だからこそ、今前提で話したことを呑んでもらいたいと思ってます」

「ふざけたヤツだ。勝負をしたいと申し込んだ癖に、図々しいにも程があるぜ」

「否定はしません」

「それも含め、俺がおまえとの遊びに付き合うとでも？」

「断られたなら、それまでですよ。オレは二度と南雲生徒会長と戦うことはない。仮にクラスメイトや同学年の誰かを利用したり、人質に取るような真似をしたところで徹底的に無視します」

「どうだかな。適当なヤツなら見殺しにもするだろうが、軽井沢恵なら？」

ここで南雲は恵の名前を出して揺さぶりをかけてきた。

「関係ないですね」

迷わず即答したことで、南雲の笑みが消える。

「言い切って見せることで通用しないと思わせたい……ってわけでもなさそうだな」

「オレは全知全能の神じゃない。恵だろうとクラスメイトだろうと、全員を365日24時間守り通せるわけじゃない。この学校で最も権力を持ち多数の生徒をコントロールできる生徒会長がその気になれば、オレの監視が届かないところで誰かを退学にさせることも出来るでしょうからね」

もちろん相応の手間と代償を払うリスクもあるが、それは知ったことじゃない。

「誰を消したところで、オレは二度と動きませんよ」

これは駆け引きなどではない。

純粋な本心だからこそ、南雲も自然と笑みが消えた。

「おまえとやりたきゃ今の提案を呑むしかないわけか」

「もちろん無視して堂々と卒業していただいても一向に構いません」

「だが俺が手を貸さなきゃ困ることになるんじゃないのか？」

「既に別のプランも立ててます」

そう、わざわざ今回の話を南雲に持ってくる必要などどこにもなかった。

だがさっき言った半分の理由。

南雲と戦ってみたいという感情が、今回の話し合いを持ちたいと思った理由だ。

次の南雲の返答で全てが決まる。

オレと南雲の勝負が行われるか否か、最終ジャッジの瞬間だ。

「いいぜ。おまえの口車に乗ってやるよ綾小路。どうせ俺のAクラス卒業は揺らがない。最後におまえと遊んで終わるのも悪くない」

自分が負けるなどとは微塵も思っていない、想像すら出来ない。

勝ち続けてきた自負がある男の、圧倒的な自信。

「ありがとうございます」

「けどな、本当にいいんだな？　おまえの提案の通りにするってことは——どう転んでも周囲の人間が痛手を負う」

「もちろんです。どちらにせよ南雲生徒会長は関与したでしょうから」

その言葉に強く反応した南雲。

「……おまえ……」

去り際の一言に、南雲生徒会長は立ちあがるとオレに近づいてきた。

「分かっていたのか」

「距離はあっても南雲生徒会長のことは観察して来ましたからね。この後どうするのかの見当はついていました」

既に戦う気はないと言いながらも、この男はオレに対し常に狙いを定めていた。

遅くないタイミングで、行動を仕掛けてくることは想定内。

「軽井沢だけでなく、帆波のことについても例外じゃないってことか」

「言ったように誰であっても同じですよ。恵を退学させようと一之瀬を弄ぼうと、堀北やそれ以外の誰かであったとしても。それでオレを動かせるとは思わない方が賢明です」

　鼻を鳴らすように笑った南雲は、すぐに真面目な表情へと切り替える。

「遊びと言った発言は取り消す。おまえは堀北先輩が認めた唯一の存在。それを確信することが出来たからな」

「それは良かったです。それじゃ、ここで失礼します」

「おい」

「まだ何か？」

「おまえが徹底したポーカーフェイスなのは認める。俺を引きずり出すために強気の交渉をしたことも分かってやる。だから一度だけ本心を聞かせろ。本気で軽井沢の退学に乗り出したとしても、おまえは傍観していたのか？」

「恵、いや、他の誰であれクラスメイトから欠員が出ることは望ましくないと思ってます。可能な限り抵抗はするつもりでした」

「それは答えになってねえな。今の解答はクラスの人間が欠けることに対するものだ。俺が言ってるのはおまえにとって特別な存在である軽井沢が消えることへの不安が全く感じられなかったことだ」

　オレは振り返る。

　普通なら、ここでの解答は決まっている。

『虚勢を張って本心を悟られないようにしているだけですよ』

そのような類の発言をするだけだ。

しかし相手にしている南雲に対して、それは最善の答えではない気がした。

「消えたら消えたでそれまでの存在。それ以上でもそれ以下でもありません。むしろ後始末が楽になって助かりますよ」

「……頭のネジが吹っ飛んでやがるな」

初めて見せる、南雲の動揺した、いや理解が及ばないことに対する見解の呟き。

「また追って連絡します」

オレは生徒会室を出て、静かに扉を閉めて歩き出す。

南雲はオレのことを頭のネジが吹っ飛んでいると表現したがそれは違う。

こちらに言わせれば、一時の感情に流されて判断を誤る方がネジの締め方を間違えているんだ。

相手が他人であれ恋人であれ、家族であれ同じこと。

失敗し脱落する時が来たらそれで終わりだ。

最優先すべきは自分を守ること。

それが揺るぎなき『解』なのだ。

○反逆の狼煙

　11月8日の月曜日、龍園たちのコンセプトカフェ参戦に驚かされ色々な対処に追われたが、戦う決意を固めた仲間たちのやるべきことは変わらない。

　龍園の提案した賭けへの返答として、堀北はクラスの合意を取り付け100万プライベートポイントでの一騎打ちを提示した。文化祭の売上金額が1ポイントでも多いクラスが相手のクラスからそのポイント額を受け取ることでの合意。

　ジタバタせず、真正面から戦って勝つ。

　そんな前向きな姿勢を多くのクラスメイトが持っていたことは大きな好材料だろう。

　茶柱先生が教室を後にし放課後がやってくると、オレは携帯を取り出した。

　そしてチャットが返ってきていることに気づき既読を付ける。

『時間は取れる。指定の場所に向かう』

　どうやら、呼び出しには素直に応じてくれるらしい。

　先日の今後について、と前置きをしておいたことが功を奏したか。

「ねえ清隆。一緒に帰ろ」

「悪いな、今日はちょっとこの後予定がある」

「え、そうなの？　そっか……じゃあ、麻耶ちゃん一緒に帰ろー！」

早い切り替えを見せた恵が、まだ教室に残っていた佐藤へと振り向いた。

「私は綾小路くんのついで⁉」

「まぁまぁそういわないでさ。ね？」

佐藤は突っ込みつつも、全く嫌な顔を見せることなく、むしろ笑顔で恵からの提案を受け入れる。そして他にも数人の女子を誘い、楽しそうに教室を後にした。

その中には少し前まで険悪だった篠原の姿もある。

佐藤との距離が縮まってからの恵は、以前よりも更に一回り成長したように見えた。

ともかくこちらとしては、恵の相手をしてもらえるのならありがたい。

呼び出した神崎と会うため教室を出て特別棟へ向かうことにした。

今回の件は電話やチャット、あるいは公衆の面前でというわけにはいかないからな。

その途中、2年Aクラス担任の真嶋先生、そして他学年を受け持つ先生たちが廊下で立ち話をしているのを見かける。

珍しい光景に視線を奪われつつも、歩みを止めたりはしない。

「最近、茶柱先生は変わりましたね」

通り過ぎる時、そんな話が教師たちの会話から聞こえてきた。

「丸くなったというか、笑うことも増えたみたいですし」

「真嶋先生は茶柱先生と学生時代の同期なんですよね？　その、色々お聞きしたいことがあるんですが――」

どうやら話題は茶柱先生のことのようだった。

立ち話なら幾らでも職員室ですればいいと思っていたが、特定のまして異性の先生に関する話題なら無理もないことかも知れないな。先生たちの言う茶柱先生の変化が、満場一致特別試験をキッカケにしていることは言うまでもないだろう。

担任としてだけでなく、教師としても殻を破った印象を抱かれていたのは間違いない。

真嶋先生はオレの存在に気付き、会話を中断させる。

不用意な発言を生徒に聞かせることを得策じゃないと判断してのことだと思われる。

「綾小路、特別棟に何か用か？」

放課後意味もなくこの廊下を通る生徒は少ないため、当然の疑問とも言える。

「少し待ち合わせがあります。不用意に聞かれたくない話もありますので」

そう答えると、真嶋先生を除く教師たちはどこかバツの悪そうな顔をし、解散を決めたのか歩き出した。

オレもすぐに立ち去ることはできたが、待ち合わせの時間までは少しだけ余裕もある。

「真嶋先生、丁度良かったです。少しお聞きしたいことがあるのですが構いませんか」

最後まで足を止めていた真嶋先生の存在も何かの縁だろう。

「俺に？　何が聞きたいんだ？」

「文化祭で明記されていないルールに関してです」

僅かに怪訝そうな顔をしたが、真嶋先生はすぐに教師として正面からオレと向き合う。

この学校は普通の高校とは大きく異なる特殊なルールで成り立っている。

生徒一人一人、着眼点が違ってくることがあるのはよく分かっているはずだ。

しかし、そうなると必然気になることも出て来る。

「おまえが何を聞きたいのかは知らないが、まずは担任である茶柱先生に確認するべきじゃないのか？」

その前提が間違っていないか、迷わず言質を取ってくる。

確かに、普通なら担任教師にルールの説明を求めるのが筋だ。

「時と場合によっては、茶柱先生ではない方が好都合なこともあります」

「教師は生徒に対し公平であるべき存在だ。しかし、それでも同学年他クラスとなれば全く問題が発生しないわけじゃない。そのことは分かっているんだろうな」

聞いてしまってからでは遅いこともあると念を押してくる。

「真嶋先生は生徒の期待を裏切るような人でないと判断しています」

「おまえがそう判断しているのなら、これ以上野暮なことは止めておこう」

信頼に応えるというより、信頼をするのなら好きにしろ、そういう態度だ。

「それで明記されていないルールで聞きたいこととはなんだ」

こちらの許諾を得た真嶋先生に、オレは特殊ケースについての相談を持ち掛ける。

それを耳にしても、一切驚いた様子はないが、当然だろう。

学校側も生徒からの様々な希望に沿うため明記していない裏のルールを用意している。

だからこそ、オレのような考えを持つ生徒の存在を不思議には思わない。

「確かにおまえの考える通りだ。必要に応じて行使することは不可能ではない」

「やはりそうですよね」

けして突拍子のないことではない。

クラスの置かれた状況、あるいは大きな不都合の際に求めるケースは出てくる。

「しかし、それが効率的かと言われれば疑問を投げかける。分かっていると思うが、それが生徒間であれば何ら問題は生じない。いや、正確には生じないように自分たちで話し合いを持つことだろう。俺の言っている意味は分かるな？」

「ええ。ルールに明記するまでもないことで、独自に可能なことかと」

「そうだ。もちろんそれぞれリスクは異なるだろうが、何故その選択肢を視野に入れる」

「不測の事態に備えておくのは、当然のことだと思いますが」

そう返すと、真嶋先生は考え込みつつ頷いた。

「行使するかどうかは別として――――か。そうだな、確かに理解しておいて損することではないか」

真嶋先生は口にしなかったが、そこから派生する売上までの道筋がぼんやりと見えたのではないだろうか。

「確認が取れて良かったです。ありがとうございます」

「構わん」

これで文化祭に向けて確認しておくべき事項が1つ減った。思わぬ形での収穫だろう。

会釈してから立ち去ろうとすると、真嶋先生に呼び止められる。

「綾小路、茶柱先生の話が少し聞こえたと思うが……満場一致特別試験で何があった」

「聞いてないんですか？　茶柱先生からは」

結果は当然ながら真嶋先生も知っているわけだが、茶柱先生の心変わりについては理解の及んでいない部分があるらしい。

「退学者の有無に関係なく、前を向き笑うようになった。つまりあの特別試験において彼女の心を変える大きな出来事があった。そうだろう？」

確か真嶋先生と茶柱先生は元々、高度育成高等学校の出身で同学年。

過去の諸事情については詳しく、驚くことも無理はない。

「生徒に聞くことではなかったな。今のは忘れてくれ」

「分かりました。失礼します」

真嶋先生に軽く会釈をして、オレは待ち合わせの特別棟を目指すことにした。

1

少しずつ近づいてくる文化祭だが、それとは別に並行して対処しなければならない問題が発生している。それは一之瀬のクラスを変えていくことだ。

崩壊に向けてのカウントダウンがこちらの予想よりも早く進んでしまっている。

それを避けるために必要な処置を施さなければならない。

今回、リーダーである一之瀬には接触しない。

今必要なのはその下に連なるクラスメイトたちに変化を与えることだと考えた。

しかし、この処置は慎重に行う必要がある。

その役割を担うだけの実力の持ち主は、当然あの男をおいて他にいないだろう。

放課後、指定した場所に出向くと、既に神崎がその場で待っていた。

「こんなところに呼び出して悪かったな」

顔つきは険しく、楽しく愉快な話をしようという雰囲気でないことは確かだ。

「俺に何か用か？」

神崎とは入学して間もない頃からの他クラスの知り合いだが、特に親しい間柄というわけじゃない。いや、最近ではオレの存在に不信感を抱き、どちらかと言えば嫌われていると思っていた。いや、嫌っているから呼び出しに応じないとは限らないか。

嫌っているからこそ、警戒しているからこそ話したいことがあっても不思議はない。

オレはすぐに用件を切りだそうとした。

「今後のことについて話す時が来た」

「今後？　一体どういう……まあそれはいい。先に俺からも話をさせてくれ」

こちらが用件を話す前に神崎が姿勢を正す。

思わぬ先手に少し驚きつつも、まずは神崎の話に耳を傾けることにしよう。

「俺はここ最近、ずっと悩んでいた。誰にも相談せず、ただ1人で悩んでいた」

言葉にした後それは違う、と自分で訂正し改めて言い直す。

「いや、悩んでいたなんて言えば大げさだが、自分自身の身の振り方を日々考えていた」

落ち着き、冷静さを持つ神崎らしからぬ感情が込められた言葉だった。

向こうから回答を求められるまで、聞き手に徹することを決める。

「この先の学校生活に何を見出せばいいのか……とな」

友人関係や異性問題で躓き、頭を抱えているわけではないだろう。

この学校の生徒たちが一番気にすべきポイントはただ1つ、Aクラスへの昇格のみ。

「今更おまえに語るまでもないことだろうが、俺たちのクラスは勝てない」

それは何に対して勝てないのか。

文化祭なのか、少し先の学年末特別試験のことなのか。

いや、そんな小さな話では終わらない。

一之瀬クラスではAクラスに上がれないという現実。

それに気が付いている神崎からの悲鳴だ。

「学力も、運動も、統率力も、けして他クラスに大きく遅れを取っているわけじゃない。むしろ優れている面も持ち合わせていると感じている。だが、必ずしもそれが勝利に繋がるわけじゃないことを知った」

自ら考え自ら理解し、自ら悩み始めた。想像通りその始まりは神崎だった。

「言いたいことは分かった。それでおまえはオレに何を求めているんだ？　神崎」

話に耳を傾け、よく分かると理解を示すだけなら誰にでもできることだ。

「おまえに……一之瀬に関するアドバイスを貰いたい」

オレでなければならない理由。

数少ない共通の話題になりそうな人物の名前がすぐに上がって来た。

「いや、それだけじゃない。俺たちのクラスが今後どうすればいいのかについても意見を聞かせてもらいたい」

「大それた話だな。しかもクラスメイトでもないオレにそれを求めるのか？」

「……確かにな」

神崎の苦しそうな表情を見れば心理を読み解くのは簡単だ。

この男は安易な気持ちで人に助けを求めるようなタイプじゃない。

まさにここまで追い詰められたからこそ、神崎はその手段を講じるしかなくなった。

いや、最初はその助けすら検討の対象ではなかった。

1人で抱え込んだままだった、そんな未来もあったんじゃないだろうか。

「あいつは俺の意見に本気で耳を傾けることはない。いや、俺以外であっても同じだ」

「一之瀬は誰にでも耳を傾ける生徒だと認識してたんだがな」

「それは一之瀬と同じ方向を向いている時に限った話だ。今更説明するまでもない」

あえて試すようなことを言ったが、それももう不要か。

分かりやすく言えば、誰かを救う協力をして欲しい、そんな願い出をすれば一之瀬はリスクも顧みず、裏切らず、最後まで付き添い手を貸してくれる。しかし逆に誰かを無意味に陥れる協力をして欲しいと願い出ても、一之瀬は絶対に手を貸してはくれない。

悪を正し正義を為す、そんな言葉でも彼女を表現することが出来る。

根底を覆そうと金銭などの見返りを与えたとしても不変だろう。

「あいつの向いている方向が間違っているとは言わない。だが理想論は理想論だ」

「その理想論が必要な場面も少なくない」

「そうだな。上手くいっている時には苦労してでも付き合う覚悟はある」

事実、神崎たちクラスメイトはここまで一之瀬に従い苦楽を共にしてきている。

「今はどうだ。一之瀬の方針に従い続けクラスポイントを失った。最下位に沈み、脱却する糸口すら掴めないでいる」

「明け透けに話すんだな。いいのか？　クラスの内情をそこまで聞かせても」

「愚策だな」

自分で失笑するように、吐き捨てるように呟いた。

「だが愚策でも策は策だ。今は、おまえに頼るしか方法がない」

どこか諦めたような視線をオレから外し、何もない廊下の床を見つめる。

「満場一致特別試験で、俺はクラスメイトを退学にさせてでもクラスポイントを獲得すべきだと主張した。賛成票を投じ足掻こうとしたが、それも不発に終わった」

クラスの内情は一切知らないが、だとすればイメージすることは容易い。

神崎はクラスの向上かつ現実を理解させるため退学者を出すことに賛同した。そして賛成に投じ続けクラス内の意識を変えようと試みたが、一之瀬以下クラスの仲間は誰一人としてその意見に賛同しなかった。かといって反乱を起こした神崎を執拗に責めようともせず一緒に頑張ろうと諭す。外していたとしても、似たようなことがあったはずだ。

「……可笑しな話だな」

答えずにいると、沈黙を破るように神崎が呟く。

「敵でも味方でもこんなことを伝えて、何になるというのか」

アドバイスなど得られるはずもないと、勝手に自分で理解する。

まさに血迷った行動だったと、今になって自分を貶めたくなった様子だ。

「一之瀬はおまえに傾倒している。唯一、一之瀬の方針を変えられるとしたらそんな特異な存在だけだ。そんな風に一直線でしか見られないようになっていた」

「なるほどな」

クラスを救済するためにはリーダーである一之瀬の考え、価値観を変えること。

クラス全体の能力は申し分ないのだから、それで確かに光は見えてくる。

「流れを変え、この停滞した状況を脱却したい気持ちは本当のようだな」

今更取り繕う必要もないため、神崎は深めに頷いた。

しかし、本当にそれがクラスのためになるのかはよく考えなければならない。

焦燥を感じている神崎には見えていないもの。

一之瀬を変えることで救われる、その未来像はまやかしでしかないこと。

もし仮に一之瀬がオレの一言で変わったとして、それは本当に成長と言えるのか。

時に非情な決断をする一之瀬になったところで他クラスを猛追できるのか。

短所を消すために、唯一無二とも呼べる長所を消す。

一度そちらに舵を切ってしまえば、後戻りできる保証はどこにもない。

「流れを変える必要があることには同意する。だが、方法には同意しかねるな」

「それ以外に選択肢はない。一之瀬を動かせるのは綾小路しかいない」

「どうかな。オレにはもっと適任者がいると思えてならないが」

「考えられないな」

思い当たる節などない神崎にしてみれば、眉を顰めるような話だろう。

「実は今日、神崎に声をかけた後に1人、ここに呼び出してた生徒が居る」

「誰だ」

「神崎もよく知るクラスメイトの1人だ」

「まさか一之瀬を呼んだのか？」

ある意味で一番この場に現れて欲しくない人物だろう。

「生憎と一之瀬じゃない。流れを変え得る可能性を秘めている生徒だ」

「水を差すようだが、生憎とウチのクラスには一之瀬に異論を唱えられるような生徒は俺以外に存在しない。それは俺が身をもって経験し理解していることだ」

「それこそ視野が狭いんじゃないのか神崎」

「なに？」

「一之瀬のクラスは一枚岩に見えるが、本当の意味で1つなわけじゃない。継ぎ接ぎだらけの中、周囲に流され仕方なくくっついている生徒も少なからず存在する」

そう答えたが、神崎にはピンと来ていないようだった。

それも無理はないことか。

自分のクラスメイトに、容易に不安を感じさせるような姿を見せたりはしない。

「どうして一之瀬のクラスは順位を落とし、今大きな危機を迎えているのか」

エラーチェーンを辿っていくと、最終的にどこに辿り着くのか。

それを神崎たちに分からせる必要がある。

「あれ？　なんで神崎くんもいるの？」

この場にはオレしかいないと思っていたのか、姫野はやや面食らった様子だ。

約束の時間よりも少し早かったが、逆に良いタイミングだ。

「姫野？　綾小路と接点があったのか」

「ちょっと、ね」

学校では絡んだことがないと言ってもいい相手だからな。

神崎だけじゃなく、ほとんどの生徒が同じような感想を抱いたはずだ。

「姫野がおまえの言う適任者とは到底信じられないな」

これまでの学校生活の中で、神崎が姫野に抱いているであろうイメージは、大体想像が付く。他のクラスメイトと変わらない、女子の中の1人でしかないだろう。

「それをこれから証明する」

「ちょっと待ってよ。なんか私の話をしてるみたいだけど、何なの？」

呼び出された姫野にしてみれば当惑するのは無理もないこと。

「それは……いや、待て」

説明をしようとしたところで、神崎はある矛盾点に気づく。

「どういうことだ綾小路」

「何が」

「おまえは俺を呼び出したが、一体何の話をするつもりだったんだ。姫野は予め呼び出していたようだが、これではまるで、最初から──」

開きかけた口が閉じ、神崎は姫野とオレを交互に見つめる。

「なになに、何なの？」

「俺が今日、おまえにクラスのことで相談することを先読みしていた……。おまえ自身が俺たちのクラスに変革をもたらすべきだと考えていたのか？　いや、そんなことを考える意味も遂行する意味も理解できない……」

ここに神崎を呼び出し、そして神崎は俺が話し出す前にクラスの内情を伝えてきた。

姫野がこのタイミングで姿を見せ、そして話の流れに通ずること自体が不自然になる。

「おまえは、おまえにはどこまで見えている……」

神崎から話を始めたことで、こちらの計算を意外な形で知ることになった。

結果、それが神崎を驚かせるのに十分な効果をもたらしたようだ。

「本題に入ろうか。今日、オレが神崎を呼び出した理由を話す。オレの手で一之瀬が変わる必要はない。変わる必要があるのはクラスの意識だ。クラスの意識が変わることで一之瀬に変化をもたらすことが出来る」

「……無駄なことだ。これまで俺が身をもって経験している」

「1人ならそうだろうな。だが2人なら？　3人なら？　一之瀬を除く全員の意識が変われば満場一致特別試験の結果も変わったはずだ」

「全員の意識が変わるなんて夢のまた夢の話だな。それに、もし変わったとして特別試験の結果が変わったか？　一之瀬は最後まで退学者の存在を認めなかっただろう」

「確かにクラスのことを想う一之瀬が退学者を出すことに賛成するとは思えないが、それで特別試験が失敗に終わりペナルティを受けたかは別問題だ」

「ちょっと待って。一之瀬さんは重いペナルティを受けてでもクラスメイトを守るよ」

ここにきて、傍観者に近かった姫野が口を挟む。

「39人が反対している中、本当に一之瀬は最後まで貫き通せたかな」

「通すよ、一之瀬さんなら。そうだよね神崎くん」

「俺もそう思う、が……。矛盾が生じることもまた確かだ」

一之瀬はクラスメイトのために先頭に立って戦う。

しかしそのクラスメイト全員からの反発を受ければ、果たしてどうだろうか。

自分が間違っていることをしていると認識させられてもなお、最後まで反対に投じ続けられたかは別問題だ。

もし貫き通したとしても、そのあとに待っているのは一之瀬自身が抱える自己嫌悪。

自分のせいでクラスポイントを大きく失った事実だけが残る。

「自責の念に駆られた一之瀬がそのままリーダーとして責務を全うできたかは別だろう」

「そんなの今よりも最悪の結末じゃない」

「ああ。そんな展開を一之瀬は望まない。なら実際にはどうなったと思う。神崎」

「クラスメイト全員が俺と同じ、退学者が出ることを受け入れる考えだった、としたらか」

現実的ではないと理解しながらも、それを想定してシミュレーションする。

「時間切れを覚悟で39人が賛成に投じ続けていれば、いずれ一之瀬は自ら折れて賛成側に回る。そして、自分自身を退学にするように誘導しただろう……な」

詰まることなく出てきた答え。

一之瀬を退学させ、クラスポイントを得ることに成功したクラス。

しかも同時に一之瀬という善の縛りを切り捨てることも出来た。

「ありえないって。万が一そんな展開になったってデメリットのほうが大きすぎるよ」

一之瀬クラスから一之瀬が離脱する。

考えたこともなかった展開ではあるだろうが、神崎にとってそれは1つの脱却だ。

「もちろん、一之瀬を退学にしろと言いたいわけじゃない。ただ、クラスメイトが変わればクラスは変わる。オレは一之瀬を変えずクラスの意識を変えるべきだと考える。そしてその最初の始まりが神崎であり、姫野だ」

「わ、私？」

「おまえは一之瀬のやってること全てに賛同してるわけじゃない。妄信的なクラスメイトと違って神崎と同じように疑問を感じることができる。そうだろ？」

「それは――――」

「神崎が満場一致特別試験で抵抗を見せた時、おまえはどう思った」

「…………」

沈黙し、俯く姫野。

「聞かせてくれ。俺もおまえの思っていることが知りたくなった」

「無理だって思った。クラスは簡単には変わらない。自分が傷つくよりも他人が傷つく姿を見たくないって綺麗事ばかりを並べてるから」

ポツポツと、自分の感じていることを話し始める。

「神崎くんの抵抗は単なる時間の無駄だと感じた。だから、私は早く苦痛な時間が終わって欲しくて、いい加減にして欲しいって……そう言った」

その時のことを思い出しているのか、神崎は一度目を閉じて小さく頷く。

「おまえは姫野のそんな言葉を聞いて他のクラスメイトと同じだと捉えたんじゃないか？一之瀬に逆らうな、仲間を捨てる選択肢などあるはずない、そう姫野が考えて発言したと受け止めたはずだ」

否定せず、神崎は深めに一度頷いた。

「だが実際は違った。姫野自身はクラスの在り方に疑問を抱いている」

「ならば何故、それを口にしない。満場一致特別試験の時でなくても、何度でも幾らでも発言できたはずだ」

クラスの実情を知らないオレには口出しできない話が始まる。

本来なら、この話はここでするべきものじゃない。

部外者のオレに聞かせても、普通は得など何もないからだ。

ところが今はその事象が逆転している。

オレがいるからこそ、ここだからこそ姫野から言質を引き出せる。

つまり今チャンスを逃せば、また何も変わらない一之瀬クラスの日常に逆戻りだ。

「はぁ……」

姫野の目は神崎のように多様な感情の色を見せてこない。

「簡単に言わないでよ」

ついたため息のように、逃げるように視線も逸らす。

「答えないでも分かるでしょ。私たちのクラスには強い同調圧力しかない。私が白だと思っても多数が黒だと言えば黒になる。正しいか正しくないかは関係ない。そんなクラスなのに少数派が発言する意味なんてあるわけない。わざわざ自分が白だと思うものを、説得されて黒だって言うまで囲まれ続けるなんて苦痛なだけ。だから私はこれまでも何も言ってこなかったし、これからも言うつもりはない」

「だが言わなければ永遠に白は黒のままだ」

「それでいいよ。他人が勝手に結論付けた黒の主張を受け入れる。それでも私の心の中で思う色は白のままでいられるから」

覇気もなく、これが今のクラスの実態だと表すような姫野の態度。

「神崎くんだって無理に主張したことで心が折れたでしょ？　それは、自分が白だと信じていたのに無理やり黒に染められ上書きされたから。アレって応えるよね」

無駄な苦労。それを避けるため姫野は自ら流されることを選んだ。

いや、これは姫野だけじゃないだろう。

一之瀬クラスの、それ以外の生徒にも通じているような話だ。

「私のこと仲間と思うのやめてほしいな。悪いけど、神崎くんみたいに熱くはなれない」

詰め寄るように姫野に近づいていた神崎を遠ざけるように、一歩後退する姫野。

「いいのか、このままのクラスで」

最初は姫野に対し他と変わらないクラスメイトだと決めつけていた神崎。

しかし気が付けば、オレを介さずに必死になって対話を引き出そうとしている。

「いいとか悪いとか以前に、私にとっては自分を守ることのほうが重要だから。誰とも親友にはなれない、でも誰とも険悪にもならない。誘われるときもあれば誘われない時もある。それくらいの距離感、空気感を壊したくない」

事なかれで済むのならそれが一番だと言う姫野の主張も悪いことじゃない。

しかしそれではいつまで経ってもクラスは前に進めない。

「もし神崎くんの主張がクラスの過半数を超えて勢いがついたら、私もそっち側についてあげるから。それでいいよね？」

どんなことがあっても少数派に立つつもりはないと姫野は言い切る。

「くっ……！」

その言葉から伝わる本意と不本意。

神崎と共に反旗を翻せば、姫野に待っているのは多数派からの懐柔という名の攻撃だ。

それは自らの考えを捨てるまで、延々と繰り返されるだろう。

「もう行ってもいいかな？　このことは誰にも言わない。言えば私が困るだけだからね」

立ち去ろうとする姫野に神崎はどうするだろうか。

このまま見送れば、結局のところクラスに変革がもたらされることはない。

「……待ってくれ」

「待ちたくないんだけど」

「誰にも話すつもりはなかったが、俺は大きな決断を自分自身で行おうとしている」

「何それ」

「俺は、いつまでも一之瀬と共に今のクラスと沈むつもりはない」

これまで話してこなかったであろう想いを、神崎は言葉にして姫野に聞かせる。

「それって……クラスを裏切るってこと？」

「否定しない。勝てないクラスに留まり続けることに意味はないからな」

もし神崎が不在となれば、間違いなく反撃の狼煙は上がらない。

今の環境下で一之瀬クラスの先頭を歩ける生徒は、おそらく神崎だけだからだ。

「脅したいわけじゃない。しかしそれだけは話しておく」

仮に神崎が何らかの手段でクラスを離れても、姫野個人にとって影響はない。

しかしクラスが浮上のきっかけを失うことくらいは分かるだろう。

姫野の動揺。明らかに、今までのすかした態度とは異なった反応を見せる。

「それでいいんだな？　姫野」

「ずるいでしょ。それ脅しじゃん……」

「そう捉えることもできるな」

姫野から一之瀬たちの耳に入る恐れもある裏切りの予兆。

一之瀬はともかく、クラスメイトは神崎にクラス移動の権利を与えないように動きを封じてくることも考えられる、リスクしかない暴露だ。

　これは神崎の賭け。本気なのかあるいはブラフだったのかは関係ない。

「――本気でクラスを変えるつもり？」

「喜ばしいこととは言えないかも知れないが、綾小路の言ったことは正しい。俺たちの手で一之瀬を変えていくことが、クラスを救う道に繋がると俺は信じたい」

「だけど私は……」

　下唇を噛みしめ、姫野は目を強く閉じる。

　孤立無援の神崎に味方すれば、姫野が白い目で見られることは避けられない。

　それが彼女の望むことでないことは神崎もよく分かっている。

　それでも、誰かがやらなければならない。

「……私だって……勝てるなら勝ちたいよ」

　神崎が先頭に立つ自分が消える可能性を示したことで姫野は内側のカギを外した。少なからずクラスを変化させ勝つ可能性を捨てきってはいない。

　ただ、まだカギが外れただけ。

「だったら今から行動するしかない。違うか？」

　ここでも姫野が動かなければ、本当に神崎に打つ手はなくなるだろう。

　選びたくなくとも、他クラス移籍によっての勝利を目指す方針転換を行うしかない。

　一方で、多数派でなければ白を白と言えない姫野は敗北が決定的になる。

「言いたいことは分かった……。だけどまだ――――」

「まだ一之瀬の方針で勝てる可能性がある、と答えるつもりじゃないだろうな」

先回りした神崎からの一言は、姫野にとって強く刺さるものだった。

途中だった言葉が続けられることはなく唇は重く閉ざされる。

「姫野はＡクラスで卒業したくないのか？」

その言葉はまるで槍のように姫野の心に突き刺さる。痛く、出血を伴うもの。

「私だってＡクラスで卒業できるならそうしたい！」

張り裂けんばかりの大声が、廊下に響き渡る。

想定の数倍は大きかったであろう姫野の声量に、神崎は度肝を抜かれ言葉を失う。

「でも今のままじゃ、どう考えたってできっこない！　できっこないんだって！」

感情を爆発させ、姫野が叫ぶ。

「神崎くんだってそれが分かってるでしょ！」

「分かっているさ!!　分かっているからこそ、今やるしかないんだ!!　俺は他のクラスに負けたくない!!」

声量こそ姫野に遠く及ばないが、神崎とは思えない大きな声に、今度は姫野が度肝を抜かれる。面白いように面食らって怯む姫野の姿を見て、オレはより確信した。

初めて姫野が自分の素を見せたこと。そして神崎の子供のような一面。一之瀬クラスには、表面だけの付き合い方をしている生徒たちも少なからずいるであろうこと。

1年半経ち、堀北クラスは大勢が自らの弱点を曝け出した。

優等生である自分を優先し、他者が退学することを気に留めない者。

勉強、話し合いが出来ずすぐに暴力に逃げる者。

カーストで上位に行くため力ある人間に寄生する者。

自らの過去を消すため、仲間の退学を画策する者。

そういった心に弱さを持つ生徒たちは、落ちるところまで落ち、そして這い上がってきた。一部は、今では信じられないほどの成長を見せている者たちでもある。

「……神崎くんってそんな感じなんだ。いつも冷静だから、びっくりした」

「……俺も一緒だ。姫野にそんな思いがあることを知らなかった」

一之瀬クラスに堀北クラスのような分かりやすい苦難はなかっただろう。

転んで出来たかすり傷を見つけては手厚く介護し、今度は転ばないようにと両側から支えて守る。手を痛めた生徒の代わりに、介助を繰り返す。

やがて生徒たちは理解する。心配をかけるから気をつけないといけないな、と。

どうして転んだのか。何故手を痛めたのか。

本当はもっと痛いところがあるのに、心配をかけないために黙って抱え込む。

そうして出来上がっていったのが上辺の関係だけで構成された一之瀬クラスだ。

「本当の意味で仲間になる時が来たんだ」

沈黙を続けたオレは、2人に対しそう語りかける。

「だが、どうすればいい。どうすれば俺たちは前に進むことができる。姫野(ひめの)が意識を変えられる者だとしても、その次に繋(つな)がらなければ意味がない」

「答えを急ぐ必要はない。今から2人で探してみるんだ」

「探す……って何を？」

「おまえたちと同じように本心を内側に秘めている生徒だ」

1人では見つけられなくても2人で話し合えばその視野は何倍にも広がる。

どちらかの視点が加わることで、新しい発見は幾(いく)らでも出てくるだろう。

「もし……1人見つけたとして……？」

「簡単な話だ。今度は3人で探す。そして4人にする。ただそれを繰り返せ」

やがて、小さな火種は大きな炎へと変わりだす。

そして一之瀬(いちのせ)も知ることになる。

クラスが変わろうとしていることを。

「まだ遅くない。強くなれ。そして学年末試験で堀北(ほりきた)の率いるクラスを倒してみせろ」

それを為(な)せば3年生に上がる時、Aクラスとしての希望は僅(わず)かに残っているはずだ。

「……どうする、神崎(かんざき)くん」

「想像以上に骨が折れる覚悟は必要だ。しかし……やれない話じゃない」

姫野という実例を見た以上、クラスに存在しないとは二度と口が裂けても言えない。

一方で姫野も、神崎の強い意志を近くで確認することが出来たはずだ。

「Aクラスで卒業したいって想いは一緒。今までは、誰にも言えなかったけど……」

どんな経緯にしろ、姫野の想いは神崎に伝わった。

「そう、そうだな。俺たちの目標は当初から何も変わっていないんだな」

ここから、幼子のような一歩を2人は踏み出す。

「あのさ……綾小路くんの話を聞いてて、ちょっと気になった子もいるんだ。この後、良かったら会いに行ってみない？」

姫野からの提案に、神崎は力強く頷いた。

ここから先は第三者であるオレが立ち入る領域じゃない。

「綾小路、この借りは学年末試験で返させてもらう」

勝ち、そしてAクラスへの挑戦権を得ることが今日への恩返しってことか。

「堀北クラスは手強いぞ神崎」

「そうだな。……悪いが俺は行く。1分1秒を無駄にしたくなくなったからな」

姫野も頷いてから、携帯を取り出し神崎と背を向け歩きだした。

あの2人がどこまで変われるだろうかと心配していた側面もあったが、どうやら想定以上に成果を発揮するかも知れないな。

学年末試験、あるいは本当に堀北クラスを破るかも知れない。

どちらに転ぼうとオレの計画に支障はないが、楽しみが1つ増えたな。

○一通のラブレター

11月9日の火曜日。朝、学校に向かうエレベーターの中で堀北と鉢合わせする。

軽い挨拶を交わした後、ロビーを出てそのまま2人で寮の外へ。

「もう聞いた？　文化祭前日に3年生全体で本番さながらの予行演習を行う話」

「ああ。1年や2年にも参加を呼び掛けてるらしいな」

まさに昨日の夜、全学年に知らせるように学校の掲示板に書き込まれた情報だ。

発信元は生徒会――つまり南雲の判断。これが先週、南雲自身が言っていた生徒会から悪くない提案をするというその内容だろう。

参加の形態は自由。実際に食べ物を提供するも良し、ただの模擬であっても良し。

あくまで翌日の文化祭へ向けた調整を、一斉に行おうという提案だ。

「もう生徒会に多くのクラスから参加の表明が届いてるわ。これまでひた隠しにしていたクラスも、本番前に第三者の評価を受けたいんでしょうね」

「好意的に受け止めてるクラスの方が多いってことか」

「3年Aクラスが体育館を借りて、出し物を公開したことが大きいんでしょうね」

包み隠さず出し物を告知し、実際に実演して見せた。

そしてその過程から見えてきた改善点などを取り入れている様子は、在籍する生徒たちにも周知の事実となったからな。今回の文化祭は勝負としてだけでなく、学生として上手く成功させたい、楽しみたいと考えている生徒が一定数いるんだろう。

「生徒会側で消耗品系の材料費等を出すと判断したのも後押しになったでしょうね」

予行演習を行うにしても、お金はかかってくる。

文化祭用に支給されるのとは別の予算を組む必要があり、その財源は当然ながら個人のプライベートポイントを集める形になる。

身銭を切っての予行演習となれば見送るクラスが出ても不思議はないが、そこは流石生徒会と言うべきか。生徒会が費用を賄ってくれるとなれば渡りに船、拒む理由はほとんどなくなる。領収書を持ち込めば生徒会予算から清算することも告知済み。

もちろん無制限ではないが、各クラス均等に数万ポイントの枠が設けられていた。

「私たちも参加する方向でいいわね？」

「もちろんだ。メイド喫茶になることは学校中に知れ渡ってる。やって損はない」

「そうね。龍園くんたちの件もあることだし」

意味深な視線を向けてきた堀北に、オレは軽く頷いて答える。

「向こうのお手並みを拝見といこうか」

龍園がどんな展開にするのか、その詳細を確かめる絶好の機会でもあるからな。

「負ける気はしない？」

「どうかな」

「随分と自信ありげに見えるわよ」

「自信があるわけじゃない。ただやれることは全てやってるからな」

「それはそうだけれど。それでも普通は不安になるものじゃないの？」

どうやら堀北(ほりきた)は、万全に備えつつも負けるかも知れないことを懸念している。

「負けることに臆病になってるのかも知れない」

敗北してもクラスポイントを失うわけじゃない。

だが、クラスポイントを獲得できなければ意味がない。

Ａクラスにまで勢いに乗って詰め寄る中で、停滞したくないと思うのは当たり前だ。

「去年のおまえなら、そんな不安は抱えてなかったかもな」

「それは単なる無鉄砲……いえ、何も周りが見えていなかっただけのことよ」

今の堀北は少しずつ視野が広がり始めた。

だからこそ負けることも考えずにはいられない。

「クラスのリーダーとして、勝ちのパターンも負けのパターンも想定しておく分には悪いことじゃない。オレは単なる駒の1つだからな。無責任な発言をしてるだけだ」

まあ、その発言を簡単に聞き流せないのが堀北の短所かつ長所でもある。

坂柳(さかやなぎ)や龍園(りゅうえん)なら聞き流し、一之瀬(いちのせ)なら強く依存するように受け止めてしまう。

堀北はそのどちらの側面も持っているからな。

「分かってはいるつもりなのだけれど……中々ね」

自嘲する堀北に対して、オレは背中をパンと1回手のひらで叩いた。

「ちょっと何するの」

「勝ちに慣れるには早すぎる」

「む……」

ちょっと怒ったような表情を見せたが、それが図星であることにも気づいただろう。

「そうね。私自身が強く何かを為した結果でもないのに、驕った考え方だった」

無人島、満場一致、どちらにしても真っ当な実力だけに支えられた勝ちじゃない。

「……あなたって……」

「なんだ？」

「あなたの発言だけは真に受けないようにしているつもりだけど、最近はやけに協力的な面もあるから余計に厄介よね。どう頭の中で処理していいか分からなくて困るわ」

「だったら、今後一切協力しない方向で頼む」

この場から離れるように早歩きしようとしたら、肩を掴まれる。

「それは却下」

離脱を試みたが、即座に捕縛され連れ戻された。

「通学前にコンビニへ寄りたいのだけれど、あなたも一緒にどう？」

「コンビニ？」

「文化祭前日に向けての準備もあって、今日はお昼休みを大切に使いたいのよ」

「別にいいけどな」

数分立ち寄ったところで問題が出るわけでもない。

オレは堀北についてコンビニに行き、店内に足を踏み入れる。

すると丁度会計をするところだった高円寺と出くわした。

豆乳1本とささ身のサラダの2つだけ。

昼食にしては随分と軽食だが、朝の休み時間の合間にでも食べるのだろうか。

普段、高円寺の食事風景はほとんど見かけないためプライベートには謎も多い。

「おはよう高円寺くん」

声をかけた堀北だったが、会計を済ませた高円寺は軽く微笑むだけで言葉を交わすことはなかった。

「文化祭も、高円寺だけは仕事を割り振ってないんだって？」

「何もしないと言われたもの。気が変わることもないでしょうし」

堀北も特に気を留めた様子はなく、手早く食べられそうな食事を選んでレジへ。

ビニール袋の提供を断わり、鞄の中へと自分の手でしまった。

「何も買わなくて良かったの？」

「必要なものもないし、プライベートポイントが潤沢にあるわけでもないしな」

11月になってある程度財布は暖かくなったが、すぐに支出の予定もある。

「櫛田さんに貢ぐことはなくなったのよね？」

「特に請求されてないからな」

「請求されたら支払うのかしら？」

「請求してくると思うのか？」

嫌味（いやみ）に対し、そのまま返すと堀北は「ないでしょうね」と呟（つぶや）く。

「いいえあってもらっては困るわ。また彼女のことで頭を悩ませることになるもの」

どんな歪（いびつ）な形であったとしても、櫛田は大きな変化を見せた。

そしてそれは成長の方向へと向かっている、向かっていると信じなければならない。

1

その日の放課後。前方に座る堀北に市橋（いちはし）が、少し躊躇（ためら）いを見せつつ近づいた。

「あの堀北さん……ちょっといい？」

普段は堀北と強い接点を持たない彼女が話しかけに行くことは滅多（めった）にない。

間もなく本番を迎える文化祭に関すること……と普通なら考えるだろう。

しかし彼女の手に持たれたそれが、違うことを暗に示していた。

「何かしら」

「実はちょっとお願いがあって。今日ってこの後って生徒会の仕事があるんだよね？」

「ええ。少し前にクラスのみんなにも伝えたけれど、私には生徒会の仕事がある。文化祭のことばかりは手伝えないわ」

「うん、えっとそうじゃなくって。これ……お願いできないかな？」

そう言って差し出したのは、一通の手紙。

ちらりと見えたハートのシールが、封筒の口を留めている。

「これは？」

「ラブレター、なんだけど……」

「……え？」

一瞬意味が理解できず困惑した表情を見せるのも無理はない。

多様性の認められる時代とは言え、女子から女子へのラブレターとなれば異性よりも別の意味で動揺するのも無理ないことだ。

「あ、えっとね？　私から堀北さんにとかじゃないよ？　実は……南雲生徒会長に渡して欲しいってある友達に頼まれたんだよね」

「生徒会長に？　でもそれは直接渡すべきものじゃないの？」

意中の人間に告白するのなら、当然面と向かってがセオリーになる。

「緊張して渡せないからって頼まれちゃったの。でも、私だって生徒会長に直々に手渡す勇気は無いって言うか……当事者ってわけでもないしさ」

南雲は、たとえば前生徒会長の堀北学と比べれば社交的な人間ではあるが、それでも先輩でありこの学校を代表する生徒。接点のない人間が声をかけるにはかなりハードルの高い存在だ。

一方で堀北は違う。日々生徒会の仕事で話をしていることは容易に想像がつく。

「状況は理解できたけれど……」

「お願い。あの子もうずっと悩んでて……やっと勇気出したみたいなの」

少し前の堀北だったなら、このお願いを拒否していたかも知れない。

しかし今はクラスメイトと関係を築くことも重要だ。

満場一致特別試験でロストした分を取り返すためにも、避けては通れない。

「……いいわ。何とか隙を見て私から渡しておく。それでいい？」

「あ、うん」

そう答えた市橋だったが、やや歯切れの悪い様子を見せる。

「まだ問題でも？」

「えっと、その、このラブレターにちょっと問題もあってさ」

手紙を受け取った堀北は、表裏を見ても名前は書かれていないことに気づく。

つまり中身を見てみないと差出人は不明ということだ。

「これ、誰からの手紙なのかは中に書かれていると思っていいの？」

「どうだろ……普通だったら書いてると思うけど……。あの子、気持ちを伝えるだけで満足するってことなら書いてないかも」

つまり渡す側も渡される側も、ラブレターの差出人を知らない構図になる。

「それはちょっと引き受け辛いわね……。もちろん渡す時に説明はするけれど、下手をすれば私からの手紙と勘違いされかねないわ」

別の人から預かったと言いつつ、実は堀北からの手紙だった。

そんな風に南雲が取る可能性も0とは言いきれない。

「じゃ、じゃあ他の人に頼めない？　生徒会の知り合いの男子とか……ダメ？　なんとか今日渡してもらいたいの」

「簡単に言ってくれるわね……」

憂慮しつつも、堀北は少し考えた後頷いた。

「色々頑張ってはみるけれど、渡せる保証はどこにもないわよ？」

「堀北さんが引き受けてくれて良かった。あの子もきっと喜ぶと思うから」

渋々ではあったが、堀北は南雲へのラブレターを届けることを承諾した。

普通なら誰からの手紙かを聞き出すところだろうが、堀北は興味がないのか深く立ち入ろうとはしなかった。

2

想定外の頼まれ事のため、私の足取りは少し……いえかなり重たくなっていた。

「どうして自分で渡さないのかしら……全く」

引き受けたのは失敗だった。無関係な私がどうしてこんなものを……。

やっぱり引き返して市橋さんに、本人から渡すように言うべきなんじゃ……。

「それが正しいはず」

逃げの感情が頭をよぎった時。

私はふと、高校進学が決まった兄さんに手紙を渡そうとした時のことを思い出した。

兄さんが私のことを想って冷たくしてくれていたことにも気づかず、何とかして仲の良かった昔に戻りたいと必死だった、間抜けな昔の私。

面と向かって話せないのなら手紙にその思いをしたためればいいと思ったのよね。

でも、握ったペンは頭の中と違ってスラスラ動くことはなかった。

何日も何日も考えて、迷って、書いては消して書いては消して。

どうすれば想いが伝わるのか。

どうすれば兄さんが喜んでくれるのか。

ただ手紙を書く、という行為そのものに悪戦苦闘していた。

そして結局――――渡せなかったのよね。

兄さんはこの学校に進学してしまい、会うことも連絡を取ることも出来なくなった。

「そういえば、あの手紙ってどうしたんだったかしら……」

記憶を掘り起こしていくと、兄さんの机の引き出しに入れたような……。

「え、もし兄さんが家に帰ったら見られてしまうの？」

廊下で立ち止まった私は、急に心拍数が速くなっていくのを感じた。

今更あんな手紙を見られてしまったら――兄さんに失笑されてしまう。

「――忘れよう」

今ここでジタバタしても、手紙を処分し、なかったことには出来ない。

あとはもう、兄さんが手紙を見つけないことに期待するしかないわね。

兄さんの背中を思い出し、窓の外に向かって私は両手を1度合わせておくことにした。

「……そう、そうなのよね」

想い人に手紙を書くのは簡単なことじゃない。

まして、それを直接手渡しするとなれば、尚のことハードルは高くなる。

今の私ですら、兄さんに改めて想いを込めた手紙を渡せるかと聞かれたら、すぐに返答することは難しい。どこの誰かは知らないけれど、相手は南雲生徒会長。

臆してしまう気持ちは、汲んであげなければならないかも知れないわね。

何とか渡すための口実を自分の中で見つけ出し目的の生徒会室に辿り着く。

扉を開くと、既に南雲生徒会長を除く生徒会メンバー全員が揃っていた。

生徒会に在籍する男子は、南雲生徒会長を除いて3名。

1年生の八神くん、同じく1年生の阿賀くん、そして3年生副会長の桐山先輩。

ただ、男子なら誰でもいいというわけにもいかないだろう。ラブレターを渡すなんて生徒会の雑務にすらならないものを安直には任せられないもの。

この中で私が比較的懇意にしていて普通に話ができるのは八神くんだけ。

先輩としての立場を利用する形にもなってしまうけれど、背に腹は代えられないわ。

八神くんは、席について一之瀬さんと談笑している。

面倒なことはすぐに済ませておこうと、私は鞄の中のラブレターに手を伸ばした。

けれどそのタイミングで、南雲生徒会長が生徒会室に姿を見せた。

「すぐに会議を始める。席につけ」

姿を見せた南雲生徒会長の声は暗く重たかった。

一瞬でピリッと引き締まった空気に変わっていくのを感じ、私は鞄から手を戻す。

こんな状況でラブレターを渡すのを頼まれた、などと言えるはずもない。

「一之瀬、報告があれば聞こうか」

「はい。文化祭に向けた前日の予行演習は、全クラス参加することが決まったようです」

「ほぼ半日で決まったか。生徒会長の判断は正しかったようだな。だが生徒会の一存として判断するのなら、俺たちにはもう少し早く報告をしてほしかったが」

副会長の桐山先輩が棘のある発言をする。

「思いつきだ。少しでも早いほうが後輩たちも喜ぶだろうと思ってな」

特に謝罪することなく答えた南雲生徒会長。

これは、恒例となりつつある生徒会会議の風景だ。

基本的に生徒会主導で行うものは、南雲生徒会長の思いつきから始まる。

時には会議中の発言から生まれ、時には私たちの与り知らないところで生まれる。

その後急に静寂が訪れると、南雲生徒会長は腕を組んで目を閉じていた。

明らかに怒りを堪えているような、そんな様子だ。

「あの南雲先輩……どうかされたんですか？」

耐えかねた一之瀬さんが、恐る恐る問いかける。

「今日、妙な噂を耳にした」

「噂……ですか？」

「根も葉もない噂だが、俺が大金を賭けて特定の生徒を退学にさせる遊びをしている、そんなことを言っている奴がいた」

「え？　どういう意味ですか？」

一之瀬さんがそう問い返すのも無理はない。

私も、南雲生徒会長の言った言葉の意味がすぐに理解できなかったから。

「そんなくだらない話、誰から聞いた」

「おまえのクラス、岸からだ」

南雲生徒会長は目を閉じたまま、桐山副会長にそんな言葉を投げる。

「……岸から？」

「仲間内からの噂話なんだ、おまえが把握していてもおかしなことじゃないがな」

「悪いが初耳だ。そもそも大金を賭けて誰かを退学にさせる意味が分からない」

普通は、大金を使って特定の誰かをAクラスへと移動させる。

そういう話なら、確かに私としても理解できなくはない。

特に3年生は勝敗が決している、南雲生徒会長のクラスに呼ばれれば実質Aクラスは保証されるようなものだから。

言葉は悪いけれど、南雲生徒会長が懇意にする相手に対して、密かにプライベートポイントを提供しクラス移動の権利を与えることは可能だわ。

「単なる噂話だ。だが、俺に対する風評被害を黙って見過ごす気にもなれない」

確かに生徒会長として、このような噂は一方的に損しかしない。

目に見えて機嫌が悪くなるのも無理ないこと。

「しばらくの間生徒会は休止する」

「休止……ですか？」

想定していなかった南雲生徒会長からの提案に、一之瀬さんが驚く。

生徒会は、週に1度こうして集まって様々な議題で話し合いを繰り返していた。

例外はテスト期間や一部の特別試験くらいなもので、平時に休止させるのは異例だわ。

「文化祭に関しては話し合うことも終わったしな。問題はないだろ」

「犯人捜しをするつもりか？」

「当然だ。徹底的に探してやる。次の会議は文化祭が終わった後にでも開くさ」

その後は文化祭前日のことで話し合いを続け、ほどなくして解散となった。

私は席を立ち、八神くんのもとへと向かう。

私が近づいてくる気配を感じたのか、彼はノートと向き合っていた視線を上げて、手を止めるとノートを閉じた。彼は生徒会の書記をしているため、議事録を付けている。

他の生徒たちは一足先に生徒会室を後にしてくれたので、こちらとしてはありがたい。

２人だけになったところで、私は声をかけることにした。

「ちょっといいかしら」

少し驚いた様子を見せたあと八神くんが向き直る。

「ごめんなさい、まだ書き留めている途中だった？」

「いえ、丁度終わったところです。お気になさらずに」

スッと閉じられたノートの上に軽く手を置いて、八神くんが笑顔を向けてくる。

「どうかしたんですか堀北先輩」

「八神くん。あなたに、ちょっと無理なお願いをしてもいいかしら」

「なんです？」

「南雲生徒会長にこれを渡して欲しいの。ラブレター、という奴よ」

私はラブレターを取り出し、それを八神くんへと差し出した。

「今時珍しいですね。大抵はチャットや電話で済ませてしまうらしいですが……」

びっくりしたような様子を見せつつ受け取ったところで、私は急ぎ補足する。

「念のため伝えておくけれど、私からじゃないわよ」

「そうなんですね。僕はてっきり、堀北先輩からのラブレターかと……。もしくはそういうことにして渡せばいいんですか？」

「違うわ。クラスの女子に頼まれたのよ」

「差出人の名前がありませんが、どなたのラブレターですか？　お伝えしておきますよ」

「それは言えないわ。相手は匿名を希望しているのよ」

「匿名のラブレター……ですか」

「生徒会の人間として私を頼ってきたのだけれど、匿名の問題もあるし私から渡すと勘違いされかねないでしょう？」

「その可能性は十分ありますね。正直なところ今でも少し、堀北先輩が書いたものじゃないかと疑ってる自分がいるので」

少し可笑しそうに笑う八神くんだけれど、私にとっては全く笑えない話だわ。

「冗談です。先輩の嫌そうな顔を見ていれば違うことは分かりますよ」

それならいいのだけれど……。

「本当は南雲生徒会長が来る前に渡しておけば、スムーズだったんでしょうけど……」

「仮に貰っていても渡せなかったと思います。とても手紙を渡すような雰囲気ではありませんでしたから」

「そうね、あれは仕方ないわ」

あの状況では誰にも南雲生徒会長に声をかけることは出来ない。

「頼んでおいて申し訳ないのだけれど、出来るだけ早く届けてもらえるかしら。今日届けてもらえると向こうは思ってるはずだから」

「それなら、あとで寮の方を訪ねてみることにします」

ラブレターをジッと見つめた八神(やがみ)くんは、少しだけ難しそうな顔を見せた。

「これ、本当にラブレターですか？」

「多分ね。想(おも)いを込めたとは言っていたみたいだけれど、確証はないわ」

シールをはがして中身を確認するわけにもいかないし。

「もしラブレターとして渡して、実は違ったとなると南雲(なぐも)生徒会長に失礼かなと」

「それはあるかも知れないわね」

「ある人から手紙を預かったと、多少マイルドにしておきますね」

「ええ、それが良いと思うわ。ありがとう」

素直に引き受けてくれたことに感謝を伝える。

「それにしても、この時代でも手書きで議事録なんて書記の仕事も大変ね」

今時ならパソコンを使って作業をしても問題はないこと。

「伝統も大切ですよ。この学校設立以来、議事録はずっとファイルとして残しているようですし。いきなりデジタルに移行しても違和感が生まれます」

振り返った八神くんが、本棚を見つめる。確かにそこには、これまでの生徒会が積み上げてきた歴史を物語る多くの議事録が差さっている。

私たちの代でディスク等に変わってしまったとしてもけして悪いことではないけれど、八神くんの言っていることももっともだわ。

まさに伝統を重んじるなら、これは続けていくべきことなのかも知れない。

「学生のうちは苦労をした方がよいとも聞きます。早いうちから楽なことに慣れてしまうと後で苦しくなるかも知れませんから」

高校1年生らしからぬ、少し大人びた対応を見せる八神くん。

「そういう意味ではこのラブレターも似たようなものですね」

確かに今は携帯を使って告白することも珍しくない。

だけど、自分の文字で想いを伝えることに一定の意味があることは私にも分かる。

「それにしても今日の南雲生徒会長は、本当に余裕がない感じだったわね」

「ええ。大金を賭けて退学者を出そうとしている、でしたっけ。確か——名前はなんだったかな……」

何かを思い出すように、八神くんは議事録のノートを開いて見せた。

めくられていく最初の方のページは去年の中頃からのもので、今の3年生が2年生の時に書いていたもののようだった。

それから字体が変わり最近の議事録へと切り替わる。

それが瞬時に分かったのは、八神くんが書いたと思われる議事録が理路整然とした几帳(きちょう)面(めん)さが窺(うかが)える完璧な書かれ方をしていたから。

そして、手書きとは思えないような洗練された文字だった。

「ありました。この岸(きし)先輩という方が噂(うわさ)を流したかもと言っていましたよね。岸先輩って何クラスの方か分かりますか？」

八神(やがみ)くんはいつもと変わらない顔で、私に議事録を見せながら聞いてくる。

だけど私の脳は、一気に別の領域へと引きずられていく。

この字……。

もう記憶から抜け落ちかけていた、探し求めていたあの字に非常に似ている。

無人島試験で、私に手紙を差し入れてきた人物。

動揺でブレそうになる視線を堪(こら)え、私は今日の議事録に辿(たど)り着(つ)いた。

広い視野で八神くんの様子を見てみると、変わらぬ笑顔でこちらを見ているまま。

まさか……。

でも、いや、そんなはずは。

様々な感情が渦巻く中、私は議事録に目を落とすフリを続けながら考える。

「堀北(ほりきた)先輩？」

「……ごめんなさい分からないわ。ＯＡＡを見れば、すぐに分かるはずよ」

「確かに。すぐ調べてみます」

「悪いけれど、ちょっと用事を思い出したの。ここで失礼させてもらうわ」

「あ、そうですか？　分かりました」

私は彼から目をそらし、逃げるようにすぐ背を向けた。

「それじゃあ申し訳ないけれど生徒会長への手紙の件、よろしくね」

「はい。お疲れ様でした堀北先輩」

今彼に見つめられると、多分私は聞いてしまう。

それだけは避けなければならない、そう直感したから。

生徒会室を出て、ゆっくりと扉を閉めていく。

閉まる寸前、僅(わず)かな隙間から見えた室内から、八神くんが笑顔でこちらを見ていた。

まるで私を試すような目で。

まるで『気づきましたか?』と挑発しているようにも思える。

そうでなければ、わざわざ自分から議事録のノートを開いて字体を見せたりしない。

バタンと閉じた扉。

偶然、同じような字体である可能性は否定しきれない。

あの字を見てから、時もそれなりに経過しているため記憶もぼやけている。

それでも、何故(なぜ)か確信を持てるほどに類似していた筆跡。

彼が私に手紙を書いた人物、だと仮定するなら……ずっと傍(そば)にいながら、平然とした態度をとってきたことになる。

それは同時に、この推測のリアリティをとても高めているように思えてならなかった。

○文化祭前日の打ち合わせ

月日が経つのは早いもので、11月12日金曜日。文化祭前日の放課後がやってきた。

全てのクラスは粛々と準備を進めて来た。今日の放課後は生徒会主導による予行演習だ。明日の本番に向けての重要なテストとなる。

一部を除いたクラスメイト全員が準備を始めるため一斉に動き始める。

堀北クラスの出し物は全部で4つ。

1つ目は言わずと知れたメイド喫茶で、売上の中心は紅茶やコーヒーなどのドリンク類。それからメイドたちとの写真撮影だ。特に後者は時間効率も良く単価も高めに設定しているため大量の希望者が出れば大きな収入になるだろう。

2つ目と3つ目は屋外に設営する粉物（たこ焼き、お好み焼きなど）を取り扱う屋台と、洋風のパスタやパンを取り扱う屋台の出し物だ。

屋台単体で売上を出すと共にメイド喫茶でも注文を受け付ける。注文が入れば運送係を担っている生徒が屋台まで出向き、宅配する仕組みだ。

メイド喫茶のオリジナリティを生かすため、屋台で販売する既存のメニューに少しのアレンジを加えた限定フードメニューも用意している。

そして最後の4つ目は余った予算で急遽追加された屋外で行う子供向けのクイズ大会だ。

「長谷部さんたち、引き止めなくて良かったの？」

ちょうど教室を後にした波瑠加と明人たちの背中を追うように、前園が言った。

「無理強いをしても仕方ないわ。高円寺くん、それから長谷部さんたち2人を除いた35人で問題なく回るかどうか、それをテストする良い機会だと考えましょう」

しかし、協力姿勢を見せないのはその3人だけではない。

ここまでの数週間、櫛田は文化祭の出し物に殆ど口出しせず、そして放課後手伝いに回ることもなくすぐに帰路に就いていた。

本番でメイドとして接客を担当することは承知していて、アイデア出しも何度か堀北に行っている。細かな要素だがそのうちのいくつかは採用もされている。

ただ、メイド同士の足並みを揃えた練習などには一切参加していなかった。

「明日の本番に向けて最後の確認とか、あと当日の動きの練習もしておきたいんだけど……今日こそ時間あるかな？」

やや勇気を振り絞るように、なるべく警戒心を悟られないように佐藤が声をかけた。

席を立ったところの櫛田は足を止め、その場で振り返る。

「ごめんね佐藤さん。放課後はどうしても外せない用事があるから」

このセリフも、実は今日が初めてではない。

「あのさ、そんな風にずっと断られ続けてるんだけど……本気で協力してくれてるの？」

険悪な雰囲気になりつつあったことで堀北が席を立とうとするが、まるでそれを見越していたかのように傍にいた洋介が制止する。

どちらが正解かは分からない。しかし全てのことに口を出していては円滑なクラス作りは不可能だ。時には当事者たちで解決しなければならないこともある。

普段、誰よりも気を遣い言葉をかける洋介らしからぬ行動とも言えるが……。

おそらく堀北による櫛田の特別扱いを不必要にクラスメイトに示すことが悪手であることを感じていたからだろう。もちろん堀北もそれを理解している。

しているが、放っておくことも出来ないジレンマを抱えている。

「大丈夫、本番のことは頭に入ってるし、足を引っ張るつもりはないから」

「でも、櫛田さん少しも練習してないでしょ？　とてもじゃないけど、大切なメイドの役目を任せられないんだけど」

今日は練習をするのに最も打ってつけの予行演習。

今までは不参加を認めてきた佐藤だったが、今日ばかりは引き下がれないようだ。

しかし櫛田も同様に、首を縦に振る様子はない。

「だったら私を外してみる？　他にまともな候補者がいるとは思えないけど」

容赦ない発言だが、正論だ。

櫛田の容姿一つをとっても、現状メイド役でない生徒に代役は務まらない。

「それじゃあ明日の文化祭でね。バイバイ」

口調こそ今までの優しい櫛田と変わらないが、行動は冷たいと受け取られても仕方がない。佐藤の提案を最後まで断り教室を後にした。

単に本性を知るクラスメイトたちと同じ時間を過ごしたくないだけなのか。

あるいは本当に外せない用事とやらがあるのか。

明らかに教室の空気が悪くなったが、それもまた仕方がないだろう。

「ねえ堀北さん。明日の本番だけどやっぱり櫛田さんは外すべきじゃないかな……」

俯いて悔しそうにする佐藤を見かねて、松下が堀北に直談判する。

「言いたいことは分かっているわ。でも彼女を外すつもりは今のところないの」

「でも毎日毎日用事があるって、絶対嘘だよね」

確かにここ最近の櫛田の行動には不可解な点も少なくない。満場一致特別試験以来大勢と距離を置いているのは仕方がないが、それにしても非協力的な姿勢が目立っている。

「そうかも知れない。私も彼女が練習に参加しない理由は分からないの」

「だったら――」

「でも心配いらないわ。彼女は彼女なりに文化祭のこと、メイド喫茶のことを考えてる」

「櫛田さんのこと、信じてるんだ」

「まあ、信じなきゃ始まらないことだからとも言えるけれど……ね」

納得のいっていない様子の松下だったが、頷いてから佐藤のフォローに回る。

今回は自分も立ち上げメンバーの1人であるためか、松下も色々と動いてくれている。

確かに櫛田の練習不参加は不安要素であるものの、堀北の表情からは焦りのようなものは感じられない。むしろ何かに裏付けされた自信を覗かせているようにも見えた。

だからこそ松下もそれに賭ける形で主張を引っ込めたのだろう。

助力を求めてくる様子もないので、見守らせてもらおうか。

1

特別棟1階、出店番号『特02』。

普段空き教室として使われているこの場所に、生徒たちが飾り付けを行っていく。

主に作業を行うのは女子で、男子はどちらかといえば補助だ。

この手の飾り付けは面白いことに、圧倒的に女子のほうが上手い。

設営に関しては堀北に指揮を任せておいて大丈夫だろう。

特別教室の2階、その奥側の教室では、着々とコンセプトカフェの準備が進められていた。

オレたちのメイド喫茶とは異なり、龍園クラスのコンセプトは『和装』。

食事や飲み物に関しても、和菓子やお茶など、全く方向性の異なるものだ。

準備が進められている中で、異彩を放つ存在を見つける。

コンセプトである和装をしながらも、1人椅子に座って読書をしている少女がいた。

「……こんにちは」

オレに気が付くと、本を持ち上げ何故か視線以外の部分を隠すひより。

「久しぶりだな。最近は図書室に顔を出してないんだって？」

「出していないわけではないんです。少し、その、時間帯を変えまして」

本の虫が図書室から消えるのは変だと思っていたが、時間帯を変えていただけなのか。

「ひよりも出るんだな、店員として」

「私はお会計専門です。人と対話するのはあまり得意ではないので……。動き回るのも得意ではないですし、トレーで食事を運ぶ練習もしましたが、うまくいきませんでした」

要は、まあその辺全般が不得意だということ。

だがレジ係としてスムーズな対応ができるならそれはそれで構わないことだろう。

「ちなみに伊吹さんも参加しますよ」

「伊吹が？　この手の衣装は絶対に着ないイメージだったんだけどな」

「龍園くんと文化祭のお手伝い完全免除をかけて勝負をしたそうです」

「それで負けたと」

その時のことを思い出しているのか、少し可笑しそうに微笑む。

「で、その負けた伊吹はどこに？」

「今日は不参加だそうです。本番以外で着るのは絶対嫌だと言ってました」

その気持ちは分からなくもないが、いざぶっつけ本番で上手く接客ができればいいが。

ま、その辺のことは龍園が臨機応変に対処するだろう。

この店のオーナーでもある龍園の様子も見ておきたかったが、姿が見えない。

前日の準備は他の生徒に任せているのだろうか。

「龍園くんはＡクラスの様子を見に行ったようです」

「Ａクラスの？」

「まだどんな出し物をするのか公開していませんでしたから」

確かに、坂柳のクラスはこの文化祭前日まで出し物の詳細は一切不明だった。

何を行うのか確かめたいと思うのはおかしなことじゃない。全クラスがこの前日のプレオープンに参加する以上、どこかで出店準備をしていることは間違いないだろう。

「オレも少し行ってくる」

ひよりとの話を終えて、オレは坂柳のクラスを探すことにした。

「あの、綾小路くん――――」

「ん？」

「龍園くんたちは3階に上がっていったので、坂柳さんはおそらくそこかと」

「そうか、手間が省ける」

他にも何か言いたそうだったが、すぐにひよりは首を左右に振った。

特別棟の中に2年の3クラスが集中していて、しかも階層がそれぞれ違うのか。

「今度また図書室に顔を出すので、綾小路くんもぜひ」

「ああそうする」

手を挙げ別れの挨拶を済ませるとその足で3階へと上がる。

一番校門から遠く、人の足が届きにくいと思われる特別棟3階のフロア。ここには3つの出店可能な教室が用意されていたが先日まで人気はなく借り手はついていなかった。

「まさかそこを坂柳クラスが全て借りるとは思わなかったが」

現状は独占階のため、3階の廊下を2年Aクラスの生徒が好き勝手に歩き回っている。

一見しただけでは、どんな出し物をしようとしているのか想像がつかない。

中身の見えない段ボールが複数散見されるだけで、それを取り出す様子もなく生徒たちの衣装も学生服のまま。

屋内では火器を使った料理も作れないため、そちらの線も消える。

「想定外のことに驚いたか？」

上がってくる生徒を見張っていたと思われる橋本が、近づいて声をかけてきた。

「これは何をしてるんだ？」

「おまえでも見てわからないのか？」

こちらが理解できていないことが可笑しかったのか橋本は静かに笑う。

「まあ無理もないよな。だが、優しく答えてやるわけにはいかないな」

前日の段階で準備を済ませておくつもりなんだろうが、公開する気はないらしい。

それを象徴するかのようにこの階へ続く階段に建前上の張り紙が出される。

『2年Aクラスの出し物はトラブルが発生したため、本日行われません』

「ってことだ。わざわざ足を運んでもらったところ悪いが引き取ってもらおうか」

このまま粘ったところで、出し物の詳細は分からないままだろう。

「龍園もそろそろお帰りのようだぜ」

奥の教室から出てきた龍園が、両手をポケットに突っこんだままこちらに歩いてくる。

軽くオレと橋本を見た後、そのまま素通りして階下へと足を向けた。

「それともおまえもあいつと同じように、無駄と分かっててもじっくり見ていくか？」

「戻ることにする」

「賢明だな。蓋を開けてみてのお楽しみだ」

その場から橋本に見送られる形で、オレは結局成果もなくメイド喫茶へと戻るため階段に足をかけた。２階にまで戻ってきたところで龍園が背を向けて立ち止まっていたことに気付く。首だけを動かしこちらを見てきた相手に対し、オレは視線を上層階へと向けた。

それを見た龍園は僅かに口角をあげた後口を開く。

「鈴音に伝えておけ、明日勝つのは俺たちのクラスだってな」

「和装の衣装はメイド服より高くついたんじゃないか？　どうせコンセプトカフェで勝負を挑んでくるなら完全に一緒でも良かっただろ」

「単純に俺の好みだ」

本気とも冗談とも取れる言葉を返した後、龍園は歩き出した。上階から感じられる橋本の気配を気に留めることもなく、オレもまたメイド喫茶へと引き返した。

2

開店から早々に、意外にも他クラスから多くの男子生徒が駆け付けていた。

食事をする目的よりも女子のコスプレ姿を一目見たい、そんな野次馬が多いようだったが、それはそれで構わない。

人目を引くことに慣れていないメイドたちにとっては、良い経験値になるだろう。

日頃冷静な松下すら、動きは少し硬く緊張が見られる。

佐藤やみーちゃんに至っては、練習時よりも格段にキレが悪いようだ。

直後、プラスチックが床で跳ねる音が教室に広がった。みーちゃんがトレーにのせた水入りのコップを滑らせてしまったことが原因だ。空気を裂くような重い出来事に、当人は固まってしまう。そんな中、すぐに動いたのは松下だ。

「大変失礼いたしました」

冷静な口調と落ち着いた対応でみーちゃんの肩を優しく叩いた後、新しい水を持ってくるように指示を出す。そして雑巾を持ってきて床の清掃を始めた。

「やるわね松下さん、とても初めてとは思えないわ」

「だな」

頭一つ抜けた松下の動きに、傍で見守っていた堀北も感心する。

「おまえも明日はメイドとして参加するんだよな?」

「基本的には宣伝係としてね。状況に応じて接客もするけれど……正直自信はないわね」

いつもと違い、堀北はやや弱気に答える。

「まあおまえが笑顔を振りまくのが得意とは誰も思ってないさ」

給仕そのものに不安はないだろうが、微笑みを提供するのは難しいだろうからな。

「あなたは随分と余裕そうね」

「こっちの働きは今日まででほぼ終わったようなものだろ」

事前準備9割、本番1割みたいなもので、明日やることは事務的なことだけ。

「あなたも屋台に回そうかしら」

「個人的な不満だけで配置転換をするな、配置転換を」

厄介なことを言い出した堀北だったが、流石に本気ではないためすぐ引き下がる。

「とりあえず松下さんがいれば大丈夫そうだし、私も少し離れるわ」

「見学に行くのか？」

「私だってどんな出し物があるのかこの目で見ておきたいもの」

「ごゆっくり」

オレはその間、明日の控室を確保するためのスペース作り、その作業を行うとしよう。

それから1時間ほどして堀北がメイド喫茶に戻ってくる。

「ただいま。状況はどう？」

「些細なミスは幾つかあったが、今はだいぶ落ち着いて全員こなれてきたところだ」

「事前準備さまさまね」

「この予行開催なしにぶっつけ本番だと危なかったかもな」

やはり無人で練習するのと、第三者の客を動員して実際に行うのとでは勝手が全く違うことが分かった。

開店からフル稼働していた松下が、切り上げて交代してくる。

「お疲れ様松下さん、見事な働きぶりね」

「ありがと。みんなの動きも良くなってきたし、良い形で明日を迎えられそう」

そう言った松下だが、表情はやや硬い。

「どうかしたの」

「もっと妨害工作があるんじゃないかと思ってたぶん、それが少し気がかり」

「妨害工作？」

「龍園くんのクラスがコンセプトカフェで被せて来たでしょ？　石崎くんたちを連れてきてコップに虫が入ってる、とか言い出すんじゃないかって警戒してたんだけど……」

オレと堀北は一瞬視線を交錯させた後、すぐ松下へと向け直す。

「その心配は無用よ。練習の段階で妨害するのは、彼らにもメリットは少ないもの。それに本番では生徒はお客さんになれないルールがある以上、その手は使えないから」

堀北の説明に、更にオレが補足して付け加える。

「本番大勢の目がある中で、龍園も迂闊な手は使えない。心配しなくても大丈夫だ」

2人からほぼ同時に心配無用だと告げられたことで、松下の表情にも笑顔が戻る。

「なんか2人が言うと安心感が違うね」

どこか気疲れしていたのか安堵したように胸を撫でおろす。

「あなたも休憩に入って」

「そうさせてもらおうかな」

歩き出した松下は、僅かにふらつきながら教室を後にした。

「気が付いたか？」

「え？」

「いや、何でもない」

些細な違和感だったためか、近くにいた堀北は特に気が付いた点はないようだった。

オレの単なる思い過ごしならいいんだが。

「それでどうだった。他のクラスの出し物は」

「来年も文化祭があるのかは知らないけれど、色々と勉強になったわ」

そんな堀北は、完成した控室を見てから触れて状態を確認する。

「問題なさそうね。あと1時間もすれば片付けも始まってしまうし、改めてあなたも見ておいた方がいいわ」

「そうさせてもらおうか」

許可を貰い、学校全体を練り歩くことを決める。

恵はその時を待っていたかのように姿を見せ、オレの腕に抱き着いてきた。

「一緒に行こうよ」

「嫌だ、と言っても離れそうにないな」

「離れませーん」

「2人で行くのは自由だけれど、あくまで偵察だってことを忘れないようにしてね」

「はいは〜い」

真面目に忠告する堀北に対し、恵は終始お気楽な様子だった。

まあ、こういう機会は滅多にないだろうからな。事実メイド喫茶の様子一つとっても、その他大勢は普通に文化祭を楽しんでいるようにも見える。

3

1年生、それから3年生のクラスの一部はお祭りの屋台を模した出し物を数多く展開していた。技術介入的な要素があるもので言えば射的や輪投げ、あるいは手作りの台にビー玉を落として複数あるゴールに書かれた景品がもらえるというものなど。似たような出し物が集合したことで、ちょっとした祭り会場のような景色が広がっていた。

「あ、幸村くんたちだ」

いち早く恵が指さした先では、啓誠や外村といった男子たちが忙しそうに準備を進めているのが分かった。それぞれ寮などで食べ物を焼く練習をしていたためか、それなりに手際よくやっているようだ。不用意に話しかけて邪魔はしないようにしよう。

「輪投げでもやってみるか？」

「やってみる！　あ、あのぬいぐるみちょっと可愛い。欲しいかも」

先に体験している生徒の後ろから、恵が声をあげて指をさした。

カラフルな熊の可愛らしい景品だった。

しかし残念ながら輪投げの出し物はデモ。仮に輪投げに成功したところで景品は貰えないらしい。生徒会から予算が下りるとはいえ、景品の数は限られている。

今日生徒に持って帰られてしまえば、景品の補充は難しくなってしまうためだろう。

一方、向かいで1年Dクラスが行っている射的は、景品をお菓子にしているらしく実際に成功すれば貰える配慮をしていた。

取られる景品も安いものなら10ポイントから、高いものでも200ポイントほど。

実践ではお菓子以外も出るんだろうが、これなら本番と変わらないテストが可能だ。

「清隆やってみてよ」

そう促され、射的の銃がずらっと5丁置かれてある台の前まで軽く背中を押された。

単純に射的ゲームというものに興味があったため、試してみてもいいな。

1回のゲームにつき弾が5発渡される。

コルク銃と呼ばれる、コルクを詰めて発射するタイプのおもちゃらしい。

並べられた銃1つ1つは思ったより重厚な作りであることが窺える。

しかし弾の方は形も歪で、精密な射撃が行えるかは怪しいところだ。

生まれてから今日まで1度も銃を構えたことはない。

映画やドラマでのイメージは何となくあるが、それが本当に正しいのかは不明だ。

ちょうど他に参加している生徒もいないため手本を見ることも出来ない。

仕方なく、ここは頭の中の想像に任せ、真ん中に置かれてある銃を掴んで構えてみる。

「一番高いヤツ狙ってよ」

最高額のお菓子の詰め合わせを落とすには、大きな重りを撃ち落とす必要がある。

果たしてどれくらいの威力があるのか……。

ひとまず試してみるか。恵からの黄色い声援を受けながら1発目を発射する。

ポン、という軽い音と共にコルクの弾が発射され狙いを定めた重りに近づく。

しかしその左脇数センチ横を呆気なく通り抜けてしまった。

感覚的な狙いではピンポイントで当たるはずだったが、弾道は全く異なる軌道を描いた。

なら次はと右に数センチ銃口をシフトさせて、2発目を発射する。

これで軌道は完璧に修正したつもりだったが、今度は右斜め上を通過し外れてしまう。

「難しいな……」

3発目を込めていると、他の生徒たちも続々と参加を始める。

オレは他の生徒の様子を見て、更に軌道の修正を試みることにした。ところが、銃を発射する生徒たちもオレと同様に、狙いを定めるも悪戦苦闘。そんな中1人の生徒が発射した弾だけは1発目から重りに命中。倒れることはなかったが後ろに押すことに成功する。何かコツがあるのだろうかと観察を続けると、それが腕前によるものではなく、それぞれ同じように見えた銃が個別に違う性能を持っているためであることが分かる。

製造過程のミリ単位でのズレと、弾のコルクそのものの質。

様々なものが組み合わさって、1発打つたびに予期しない弾道を描く。

非常に面白い仕組みであると同時に、的を射抜き落とすことの難しさも理解する。

結果的に最後の1発だけは当初狙っていた重りに命中させられたが、簡単に落とせるはずもなく初めての射的は惨敗に終わる。しかし銃自身が持つ傾向は分かってきた。

あとはコルクの形状から発射時に想定される弾丸の軌道を予測して再挑戦すれば――

そう思ったが『本日はおひとり様チャレンジ1回のみ』の張り紙に気づいて断念する。

「ハッ。流石の綾小路パイセンも、射撃は苦手だってか？」

銃を戻したところで、屋台の裏手から宝泉が可笑しそうに笑いながら出てきた。

宝泉の1年Dクラスの出し物、そのメインは『遊戯』に特化させていた。

「意外だな。おまえがこんな出し物をするなんて」

大人が童心に返り、射的や輪投げなどで些細な景品を夢中になって得るという遊び。

「ガキの頃はこの手の屋台で大人に交ざって荒稼ぎしてたからな」

それは一体どんな幼少期だ……。

「俺はもっと本格的な賭場がしたかったんだがよ、生憎とお堅い学校には却下を食らった。だが、射的だろうがなんだろうが、これもギャンブルと同じわけさ。この手のギャンブルは胴元が勝てるように出来てんだよ。一回きりの文化祭だ、アコギにぼったくったところで警戒のしようもねえ」

ライターを取り出し棚に載せると、こちら側に来て左端から2番目の銃を手にした。

構えた射的の銃から発射された弾は想像以上に真っすぐ飛び、ライターに直撃する。

揺れたものの、倒れる気配は見えない。

「限られた景品も取らせなきゃ問題ねえ」

「だがそれじゃ、客は長くは食いつかないんじゃないか？」

「紙屑同然の参加賞に付加価値を付けて配りまくってやればいいのさ」

参加賞に魅力がなければ、大人たちも敬遠するかも知れないが……。

宝泉には策があるらしい。参加賞と思しきものが籠から顔を覗かせる。

印刷機を使って大量に男女多くの生徒たちの写真を用意、それをラミネート加工したお手製の景品を様々なパターンで用意していた。

「文化祭に参加したって思い出を渡しときゃ、大人としても良いアピールになるだろ」

政治家関連の人間も多く参加するということは、文化祭への参加を一種の慈善、地域活動として伝えるところも出て来る。生徒たちの写真を貰ったと発表すれば好感度にも繋がる。意外とちゃんと考えている宝泉と別れ、オレは待っている恵のもとに戻った。

「無理だった」

そう報告すると、恵はニヤニヤと嬉しそうにしながら腹の辺りを肘で突く。

「景品は貰えなかったのに随分と嬉しそうだな」

「だって清隆の可愛いところ見れたし。あたしとしては超満足って感じ？」

「なんだ、可愛いところって」

全く良いところがなかっただけの時間だったが。

「こういう時まで1発で決めちゃう、なんて漫画みたいな展開じゃなかったのが、あたしにとっては嬉しかったの。何でも出来るわけじゃないんだなって再認識」

それはそうだろう。オレのやり方は経験に基づいてる。過去の経験で生かせる材料があれば別だが、おもちゃであれなんであれ、初めての射的で上手くいくはずもない。

「それが可愛い、なのか？　彼氏には普通格好よさを求めるような気がするが」

「それはもう十分見せてもらってます」

責めることもなく、むしろ景品を取らなかったことで恵の感情は喜びを得たようだ。

他にも面白い出し物はないかと練り歩いていると、石崎を見つける。

「よう綾小路！」

「何やら、変わった出し物みたいだな」

「だろ？　俺とアルベルト発案の出し物なんだぜ」

「へえ、あんたみたいな舎弟が、龍園から許可なんて貰えたんだ？　誕生日会のセッティングも出来なかったのに？」

ジーッと石崎を疑うような目で見つめる恵。

「う……俺は実現したかったんだけどよ……。おまえに言われた通りの提案をしたら蹴りを食らわされちまった……」

その時のことを思い出しでもしているのか腹部辺りを押さえる。偶然にも一致していたオレと龍園の誕生日である10月20日。石崎はW誕生日パーティーを計画。

しかし実現のためには恵を説得する必要があり、その恵の出した条件は、龍園が直接屋上での行為を謝罪して頭を下げること。恵の厳しい条件を当然ながら龍園は呑まなかった。

「でも来年こそはリベンジするからよ！　待っててくれよな！」

「誰も待たないって……。んで、あんたはどんな出し物してるのよ」

「気になるか？　気になるよな？　よし、おまえらも試していけよ」

用意されていたのは机と段ボールだけ。

割り箸やコップが置かれていることから、飲食っぽい印象は受けるが果たして……。

「これ何？」

「見てのお楽しみってやつだ」

そう言って石崎はアルベルトに指示を出して、段ボールから道具を取り出させる。

それはプロテインの袋とクエン酸の袋。

どちらも筋肉トレーニングなどの際に摂取することでお馴染みのものだ。

「これ、チョコレート味のプロテインなんだけどよ、まあ軽く舐めてみろよ」

小さな一口サイズの紙コップ2つに、石崎が作ったチョコ味プロテインが用意される。

「いらない」

出されるなり飲むことを拒否する恵。

「そ、そういうなよ。ただのプロテインだぜ？」

「あたしプロテインとか飲んだことないし飲みたくもないんだけど。ムキムキになるつもりなんてないんですけどー？」

アルベルトが一歩前に出てきて、英語を呟く。

「You can't build muscle just by drinking protein shakes」

「え？　何？」

「その点は心配ない。プロテインを飲んだくらいで筋肉はつかない。だそうだ。せっかくだし2人で試されてみないか？」

石崎がどんなことをするのか、正直少し興味がある。

オレは先陣を切るように、紙コップを手に取ってプロテインを飲んだ。

昔飲んでいたものとはメーカーが違うんだろうが、少し昔を思い出す味だ。

「まあ、じゃあ一応飲んであげるけど……まずっ」

一方で初めてプロテインを飲んだ恵は、美味しくなかったようで顔をしかめる。

「不味いか？　まあ、でも飲めなくはないだろ？」

「飲めなくはないけどあんまり飲みたくはないかも」

「んじゃ口直しをしてくれ」

一度口内を洗い流すためか、水が手渡される。

それを飲み終わる頃には石崎(いしざき)の次の準備が進んでいた。

「次はこっちだ」

そう言って、今度は別の紙コップにクエン酸ドリンクを用意する。

「まあクエン酸、だな」

「こっちのほうが好きかも」

お互いにクエン酸を飲んでの感想を呟(つぶや)く。

「じゃ、最後だ。今飲んだ2つは別にまずいってわけではないよな？」

「あたしはプロテイン不味(まず)かった」

「おまえはいいよ軽井沢(かるいざわ)。綾小路(あやのこうじ)はどうだ？」

「そうだな、けして不味くはなかった」

それを聞いて石崎が嬉(うれ)しそうに笑う。

「ところがだ。このチョコレート味のプロテインにクエン酸を入れると、摩訶不思議(まかふしぎ)な味になるんだぜ」

混ぜられたプロテインを渡され、それを口元に近づけた。プロテインの摂取も、クエン酸の摂取も悪いことではないため一石二鳥のようにも思えるが……。

「さあ2人とも同時に飲んでくれ」

「なんか怖いんだけど」

「まあ飲んでみようか」

オレたちは息を合わせるように紙コップを傾けて、喉の奥に流し込む。

しかし口に含んだ瞬間、オレは舌の表面から広がる味に思わず身を硬直させた。

「うびゃ!?」

隣で悲鳴を上げる恵はその場で思わず吐き出してしまう。

それから悶えながら吐くジェスチャーをして強くアピールする。

「これ、あれ、あれの味がする!?　うえええええ！」

オレも覚えのある味だ。格闘技を教わる際に腹部に強烈な拳を叩きこまれ、胃から込み上げた胃酸と消化中の食事をリバースしたとき。

口内に広がった臭いと味は、それに近しいものだ。

「わはははは！　だろ！　面白いよなー！」

「面白くない！　水!!」

腹を抱えて笑う石崎を突き飛ばし、恵はペットボトルの水を直飲みした。

「……これは、なんというか、確かに摩訶不思議だ」

「流石の綾小路もちょっと引いてるな」

美味しくないどころか、正直食べ物の味じゃなかったからな。

テンションが一気に急降下する。

「明日は客を驚かせてやろうと思ってさ。一杯500ポイントで摩訶不思議な体験を提供してやるぜ」

「……これをよく龍園が許可したな」

オレはそのことのほうが驚きだ。

「自分のポイントで好きにやれってよ。ここじゃ明日別の出し物をするんだよ」

なるほど。自分たちのクラスで借りるスペースの、余ったスペースを借りて石崎だけやるってことか。それなら支出は最低限だし、まあ10人くらいの客が興味本位で体験をしたとしても不思議はない。

「うう、楽しいデートが最悪に変わっちゃった……」

その後はこの場を去るまで、恵はひたすら石崎に恨めしい視線を向け続けた。

少し改善されたかに思われた関係も、また振り出しかもな。

そんなこんなで幾つかの出し物を純粋に楽しみつつ、偵察を終えると、恵と共にメイド喫茶まで戻って来る。教室の中は生徒で溢れかえっていて、思い思いに生徒がメイドへと話しかけ楽しんでいるようだった。時折モラルを逸し執拗に声をかける生徒が出ると、須藤が割って入り強制的に中断させ退室を促す。

トラブルの対処要員としての役割を担っているが、実に様になっている。

余程の強面でもない限り、下級生上級生に関係なく須藤の凄みを見せられると大人しく退散するしかない。２時間ほどの文化祭の模擬開催が程なくして終了する。

最終的に明日の人員に変更を加える必要があるかは堀北と話し合うとしよう。

オレや須藤などの男子が清掃を始めると、小野寺が姿を見せた。

「こっちも終わっちゃったんだ。私も皆のメイド服ちょっと見たかったな」

屋外の屋台に駆り出されていた小野寺は、戻って来るなり残念そうな声を出す。

「おまえメイドなんて見たかったのか？」

「いいじゃない。私だって可愛いものは好きだしさ。それに私はほら、メイド服とか似合う方じゃないから……足も太いし」

「似合うか似合わないかは着てみないと分かんねーだろ」

「……それに限られた服じゃサイズも合わないんじゃないかな」

そう言って、小野寺は自分には無理だと苦笑いしながら答えた。水泳に打ち込んでいるため、小野寺は普通の女子よりも発達した肩幅と足など、鍛えられた肉体を持っている。もしサイズの合うメイド服を用意するとなると、小野寺専用になってしまうことは避けられない。須藤はしゃがみ込んで、小野寺の太ももへと視線を近づけた。

「ちょ、ちょっと須藤くん!?」

「鍛えられたアスリートの良い足なんだけどな。まあ、確かにメイドって感じとは少し違うか……」

顎に指をあてて、思ったことをそのまま口にする。

「恥ずかしいってば！」

小野寺は顔を赤くして、脱兎の如く教室から飛び出していった。

「なんだアイツ……逃げることはないのによ」

オレはそんな2人のやり取りを見ていて、明らかな小野寺の変化を間近で感じる。

体育祭から今日までの間に、どうやら小野寺はすっかり須藤に好意を抱いてしまったようだな。ただ、これまで須藤は好意を向けることはあっても向けられることはなかったのか、あるいは今までその気配を察したこともなかったのか、気づいた様子はない。

双方の矢印が向き合っていればいいのだが、現状はどちらも一方通行。

恋愛に関して、オレも深く学習できているわけじゃないが、基本的にこういった場面では温かく見守るのが定石であることは分かっている。

しかし、だからこそオレの中にある好奇心、別パターンの結果を見てみたいという衝動が襲ってくる。定石に逆らえばカップルとして成立しなくなってしまうのか否か。

「分からないのか？　どうして小野寺があんな態度をとったのか」

「んだよおまえに分かるのかよ」

「おまえが堀北に抱いてる感情と同じ感情を、小野寺がおまえに抱いてる」

「はあ？」

少し回りくどい言い方をしたため、須藤はすぐに理解はしない。

しかし、言っている意味をいつまでも理解できないほど、今の須藤は鳥頭じゃない。

「え？　小野寺が……俺を？」

「ああ」

「いやいや、それはねーって」

真面目に考えてみたようだが、そんなはずはないと否定する。

これも、当たり前と言えば当たり前の反応だ。

相手の心の中は誰にも真実として見据えることは出来ない。

「最初は小野寺もおまえに興味はなかったかも知れないが、最近の須藤は目を見張る成長を見せてるからな。異性として意識されたとしてもおかしくはないんじゃないか？」

少しずつ、改めて考えを整理し始めた須藤の顔は険しいものに変わっていく。

「んなこと……あいつが、俺なんかを？」

「もちろん確実な保証はない。もしおまえが真実を知りたいなら、小野寺をよく観察して理解してみることが大切かも知れないな」

「けど、よ……。俺は——」

その先は口にしなくても分かる。

今、須藤の気持ちは強く堀北に向けられている。

だからこそ、オレのこの余計な発言でどう変化するのかを見せてもらいたい。

より堀北に近づくのか、小野寺へと揺れ動くのか。

あるいは想定もしていない第三者へと変わっていくのか。

「駄目だ。ちょっと混乱してきた、屋台見に行くついでに頭冷やしてくるわ」

じっくり考えて答えを出せばいいだろう。

「清隆くん、今の……良かったのかな」

傍で準備していた洋介には、オレとの会話が聞こえてしまっていたようだ。

「僕はそっとしておくべきだと思ったんだけど」

「そうなのか。オレはまだ、その辺のことがよくわかっていない、迂闊な発言だったのなら須藤には悪かったな」

何も知らない顔をして洋介にはそう謝罪しておいた。

堀北がクラスメイトを見ながら声をかける。

「皆お疲れ様。今日はこれで終わりよ。もし明日の本番に向けて何かしら配置転換等があったら午後9時までに携帯から連絡を入れるわ」

片付け、清掃などが終わり明日の準備も全て終了した。

生徒たちは明日の本番に向けて既に帰路へと就いた。

教室に残ったのはオレと堀北の2人だけ。

「冷静になってみると、何度考えても堀北がメイドになるのは違和感しかないな」

「好んでやりたいわけではないけれど、人手は多いに越したことはないでしょう？　あなたの彼女が協力してくれればもう少し楽だったのだけれど」

「悪いが管轄外だ。恵の意思に任せてある」

オレ含め佐藤たちからも打診はあったようだが、恵はメイド服の着用を拒んだ。

事情は聞いていないが、面倒だとか接客が向いてないとかというよりも着替えを伴う行動を取りたくなかったからだろう。

恵の身体を、過去を理解してくれる人間ばかりとは限らないからな。

「冗談よ。無理やり着せるものでもないものね。嫌々応対されたんじゃ、明日のお客さんの心証も悪くなるもの」

「これ、目を通してくれ。今日の模擬を見て少しだけ調整してみた」

堀北にノートを手渡し、最終確認をしてもらう。

「ありがとう。あなたの組んでくれたスケジュールに問題はなさそうだわ」

ノートから視線を上げる堀北。文化祭参加者は文化祭終了までの間に担任に申し出た上で必ず1時間の休憩を挟むことを義務付けられている。

この休憩中は出し物の手伝いをすることは禁じられており、多忙か多忙でないかに関係なく働き手の調整をしなければならない。

4

ケヤキモールへと続く並木道の途中で、男女がそれぞれ向き合っていた。

既に文化祭の予行演習は始まっておりこの周辺に生徒たちの姿は一切見られない。

「やっと話ができるね、八神くん」

「まさか文化祭の準備中に押しかけてくるとは思いませんでした」

「そうでもしないと捕まらないでしょ。避けてたみたいだし」

接触した後も、八神はその場での話し合いを嫌いここまでの移動を櫛田に強いた。

「会えなかったのは単なる偶然ですよ。そういえば何度か僕の部屋を訪ねて下さっていたみたいですね、すみません留守にしていたので」

どちらも笑顔を崩さないまま対話を続ける。

もし誰かが2人を傍目に目撃しても、仲良く談笑しているようにしか見えない光景。

「本当に留守だったの？　それとも嫌がらせで居留守使ってた？」

「居留守？　僕がどうしてそんなことを。何か誤解があるようですね」

「誤解なんてないよ」

雲を掴むように実態を掴ませない八神に苛立った櫛田は、自ら一歩踏み込んでいく。

「私が使い物にならなかったから切り捨てた、それだけなんでしょ？」

満場一致特別試験で、八神は櫛田が堀北や綾小路を退学させることを期待していた。それに応えられなかったことから連絡も途絶えたため、櫛田がそう判断するのも無理はない。

「満場一致特別試験が終わった日の夜、僕から連絡をしたことを覚えていますか？」

「うん。もちろん覚えてるよ」

当日、試験が終了した日の夜。

八神は電話をかけ堀北と綾小路が退学しなかったことを櫛田の口から知った。

その直後に電話が切られ、それ以来櫛田は八神と話を出来ずにいた。

「正直に話します。僕は櫛田先輩に嫌われてしまったと思っていたんです。だから最近は顔を合わせる勇気がなくて、無意識のうちに避けていたのかも知れません」

「やめてよ。今更私にそんな嘘ついたって仕方ないでしょ」

好意を抱く後輩のフリなど、本性の一部を知った後では寒気がするだけ。

「失礼しました。では改めてあの日の経緯を教えていただけませんか」

いい加減櫛田も理解しつつある。目の前の1年生は櫛田を弄び楽しんでいるだけ。

満場一致特別試験の全てを知り、また遊びの手を広げようとしているのだと。

「答えないよ」

「どうしてです？　少なくとも櫛田先輩があの2人のどちらかを退学させようと行動を起こしたことはわかっています。ですが結果としては櫛田先輩の代わりに佐倉先輩が退学した。僕が知りたいのはその詳細なんです」

「私はあの特別試験で何もしなかった。だからＯＡＡで最下位だった佐倉さんが必然的に切られることになった。それだけだよ」

満場一致特別試験のクラスでのやり取りは外に漏れていない。

だから八神はその詳細を知りたがっている。

あくまでも能力不足で佐倉愛里が選ばれた体で話を押し進めようとする。

しかし八神は笑顔のまま、櫛田の肩に優しく手を置いた。

「嘘はいけませんね」

「嘘……？」

「満場一致特別試験の後から、櫛田先輩の行動ルーティーンは大きく変化しています。他クラスの生徒とは変わらず仲良くしているようですが、クラスメイトとは距離ができていることは既に調査して把握しています。つまり、あの満場一致特別試験であなたは自らの本性を一定以上晒されてしまったんです」

対外的に、櫛田はクラスメイトにも外では変わらぬ笑顔を向けている。

しかしクラスメイトが今までよりも距離を置いている以上、限界はある。

女子の少数グループだけで週に2、3回は遊んでいたが、今現在は0になった。

「何を言ってるのか分からないよ。変わらずクラスメイトとも仲良くしてるんだけどね」

たまたま目撃しなかっただけ、あるいは八神が口から出まかせを言っている。

そんな形で押し切ろうとする櫛田だったが、八神は笑ったまま。

「隠そうとしても無駄ですよ。櫛田先輩はクラスメイトに全ての過去を知られた。そしてそう追い込んだのは間違いなく綾小路先輩でしょう」

まるでクラスで櫛田たちの戦いを見ていたかのように、八神は饒舌に口にする。

堀北の名前ではなく綾小路を出す点からも、明らかに異常だ。

「勝手な想像だね。全然合ってないよ」

「誤魔化すのは自由ですが……。話すこともないのに、一体僕に何の用でしょうか。文化祭のお手伝いもあるので、出来れば早く戻りたいのですが」

「もう八神くんに付き合うのは疲れたの」

「疲れた……ですか」

「もう金輪際私にかかわらないで。今日はそれを言いたかっただけだから」

突然八神との関係を終えたいと申し出てきた櫛田。

「僕との関係を終わりにしたいと。その気持ちは理解できます。クラス内で櫛田先輩の過去、性格を知られてしまったんですから、今更堀北先輩や綾小路先輩を退学させろと迫っても無駄でしょう」

「もういちいち訂正しないよ。勝手に解釈したいならすればいい」

「面白い人ですね櫛田先輩は。今の発言こそが真実を物語っているんです。それに、櫛田先輩自身が、この環境に身を投じてもいいと思い始めている。だから僕との後ろめたい関係を終わらせて前を向きたいと思っている」

前を向きたい。指摘された言葉が心の中に留まり広がっていく。

「綾小路先輩はともかく、堀北先輩とは和解したんですか？」

「それも答えないよ」

「その様子だと、呆気なく懐柔されましたか。ちょっとガッカリです櫛田先輩」

言い返したい気持ちを堪える櫛田だが、怒りが湧く。堀北のことは変わらず嫌いなまま。

「私は――！」

「あぁ、いいです。それ以上言わなくて。見ていればわかりますから」

あしらうような態度は、以前のような礼儀正しさを一部欠いていた。それが櫛田には不気味に思えて仕方がなかったが、ここで弱音を見せるわけにはいかない。

というよりも、綾小路や龍園、天沢といった普通じゃない人間に繰り返し接触したこともあってか並の生徒よりも明らかに耐性がついている。

そんな自分自身に驚きと実感を抱きつつ、気丈に振舞う。

「八神くんとはこれで終わり。私たちは何の関係もない、それでいいよね？」

「安心してください。僕が櫛田先輩の過去を暴露して回らないか心配してるんですよね？だから、こうして釘を刺すついでに様子を見に来たんでしょう？」

「そうだよ。八神くんが暴露すれば私の噂は学校を駆け巡る」

「だったら僕の言うことを聞いていただけませんか」

「弱みを握ってるのはこっちも同じ。八神くんの全てをぶちまけるよ。綾小路や堀北を退学させるために私を利用したこと、真面目な顔して鬼畜なことをしてるってね」

これが脅しになるのかは分からない。

それでも今ある武器を使うとすれば、櫛田が自己防衛する手段はこれしかない。

「脅し返してきましたか。では肝に銘じておきます。もういいですか？」

それが効いているのかいないのか、八神は話を切り上げて歩き出す。

「僕は1年Bクラスのリーダーなので。色々と文化祭では忙しいんです、それでは」

「忘れないでね八神くん。君が約束を守る限りは、私も守るってこと」

最後に微笑（ほほえ）んだ八神は、そのまま軽い足取りで視界の外へと消えていった。

「……これで終わってくれればいいけど……」

そんな希望的観測を抱くと同時に、このままでは終わらないとも直感する。

ならどうすべきか。

このまま指を咥（くわ）えて待っていればいいのか、それとも仕掛けて打つべきなのか。

「ダメ。私じゃ八神は止められない」

これまで、自分は堀北を始めとして様々な相手に挑んで負けてきた。

自分で対処できるなどと、甘い考えは捨てなければならない。

自分は独りなのだと痛感する。しかし、それでも状況は大きく変化した。

向こうは確実に櫛田を舐（な）めている。上辺だけじゃなく、本心から舐めている。

そういったことを読むことに長（た）けている自負はある。

「あいつと戦う前に、私にはやるべきことがある」

解決すべき問題が八神だけではないことは分かっている。

優しい優等生に戻る気なんてものは全くないが、クラスに確固たるポジションを維持していくためには確かな貢献（こうけん）を示さなければならない。

櫛田桔梗（ききょう）は自分が生き残るための術（すべ）をよく知っている。

5

夜中、オレのもとに1本の電話が入った。

「おまえから電話をかけてくるなんて珍しいな、坂柳」

電話の向こうで、坂柳は少しだけ笑い声を出す。

『確かにそうかも知れません。今、少しお時間よろしいですか？』

「都合が悪ければ出てない」

『なるほど。ではすぐ本題に入らせていただきます。綾小路くんは、文化祭には当然のように参加されるんですね。父は外部から連れ戻しに来る者たちがいるのではないかと、色々と気を揉んでいるようです』

「理事長からは少し前に電話を受けた。今回も本番は休むことを検討した方がいいと言われたが丁重に断らせてもらった」

前回の体育祭も、坂柳を休ませるためでなければ恐らく参加していただろうが。

『怖くはないのですか？　……いえ愚問ですね、少し質問内容を変えます。もしかして関係者が奪還に動かないと踏んでいるのですか？』

そうでもなければ、わざわざ危険の中に身を投じる意味が分からないと坂柳が言う。

「単に実害との天秤だ。体育祭と文化祭、それで全てが片付くなら休むのもいい。だがこの先には修学旅行だって控えてる。来年の体育祭や文化祭が無観客である保証もない。殻に閉じこもることは簡単だが、それによって失う機会の方が困るからな」

『残された学校生活、少しでも学生としての当たり前を経験したいということですね』

一定の納得がいったのか、ストンと腑に落ちたようで頷いて答える。

「それに目的は他にもあるからな。無駄にしたくない」

『そういうことであれば、これ以上は何も申し上げません。綾小路くんの思うように行動されるのが一番かと思います』

文化祭のことは気になるが、それを聞くのはご法度というもの。単純にあの出し物が勝つためのものなのか、勝負を捨てに行っているのか。あるいは別の狙いがあるのか。

オレが聞けば答える可能性もあるが、それは違う話になってくるだろう。

どんな選択をするのもAクラスの決断次第、第三者に正解不正解を決める権利はない。

『ですが不測の事態というのは、いつ何時起こるか分かりません。文化祭は無事でもその次は分からない。もし困ることがあればいつでもご相談くださいね』

「随分と親切なんだな」

『再戦するまで、綾小路くんに消えて頂くわけには参りませんから』

「善処する」

『それではまた近いうちに。おやすみなさい』

無駄話を避け、坂柳はそう呟いて通話を終了させた。

○文化祭本番

長い準備期間を経て、ついに文化祭本番がやってきた。

開始時刻は朝の9時で8時半までに登校することが義務付けられている。

更に午前6時から学校への門は開かれており、必要であれば早朝から準備することが可能だ。

オレと堀北の2人はまさに早朝6時に寮のロビーで待ち合わせ学校へ。

本番に不都合があってはならないため、事前の最終確認をしておくからだ。

合流するなり、こちらが手に持っていた箱へと視線を向けてきた。

「おはよう。もしかしてその段ボールってあなたが言っていた例の？」

「予定にない予算を捻出させて悪かったな」

「大きな額じゃなかったから影響は小さいわ。本来、私たち2年生には一人当たり5000ポイントが与えられていて、自由に使えてしかるべきものだもの」

1年から3年まで、数はそう多くないが同じように考え早く来ている生徒とも擦れ違う。

1度教室に寄って手持ちの箱を置き、それからメイド喫茶までやってきていた。

「松下さんからの連絡は見た？」

「確認した。ここまでメイド喫茶を牽引してきた立役者の1人だけに、辛いだろうな」

朝早くに松下から連絡が入り、体調不良のため休まざるを得ないとの報告が入った。

「けれど英断よ」

微熱程度なら強行も出来たかも知れないが、咳などの症状が強く現れてきたらしく、接客が求められる仕事は任せられない。

かといって配置転換したところで体調不良の松下に負担の大きい仕事は任せられない上に、風邪が蔓延すれば文化祭の後でクラスに影響が出る。

「それにこういう時のための事前準備よ」

人員の配置転換だけでは済まず、欠けた要員をどこかで補填する必要がある。

「そういえばあなたは耳にした？　例のメイド喫茶の出し物の情報を流出させたのは長谷部さんや三宅くんたちじゃないかって噂されてる話」

「みたいだな。だがそうなることは早い段階で予想できていたことだろ」

女子と交流の深い恵から降りてきた情報で、既に耳には入っている。

「……そうね。でも放置して本当に良かったのかしら」

「噂は噂だ。実際に波瑠加と明人が情報を洩らしたわけじゃない」

波瑠加たちを助けてやれていないことに対する堀北の自己嫌悪が顔を覗かせる。

「簡単に弱気な顔を見せない方がいい。相手に付け入るスキを与えるだけだぞ」

「あなたはどんな時も冷静よね。当事者でもまるで他人事のよう」

堀北が表情を確かめるようにこちらを見ていることに気づく。その観察は5秒10秒と続き、気が付けば眉間にしわを寄せ難しそうな顔に変わっていた。

「少し聞きたいことがあるのだけれど。1年生たちとは普段交流はある方なの？」

「1年生？　いや、ないな。七瀬(ななせ)や天沢(あまさわ)とはたまに話すがそれくらいだ」

自分からほぼ会いに行ったりしないのに、交流があると言ってはいけない気がする。

「そんなことが聞きたかったのか？」

「別にいいじゃない……」

「交流と言えばおまえの方はどうなんだ。生徒会でも1年とは話したりするんだろ」

「まあ……そうね。少しだけ後輩たちと絡む機会も増えてきたわね」

生徒会は今年の1年からは3人ほど採用されている。2年生だけは長らく一之瀬(いちのせ)のみ在籍しており、質はともかく人材の量としては明らかに不足していた。直近では堀北(ほりきた)の加入こそあったが、その人員の少なさを埋めるための人数調整といったところだろう。

生徒会に人数制限はないが、一般的には8人から12人ほどのところが多いらしい。この学校では現在3年生が3名、2年生が2名、1年生が3名。一般の生徒会に近い形を保っているとは言えそうだ。

「最初は無駄だと思ったわ。生徒会の仕事をするくらいなら、部屋で勉強していた方が自分のためになるもの。正直その感情は今でも無くなったわけじゃない」

そういった無駄と思えることは生徒会の仕事だけじゃないだろう。

部活にしても友達付き合いにしても、基本的には無駄の連続だ。

中には部活からプロへ、友達付き合いが将来の仕事へ、なんてこともあるだろうが、大勢にとってそれらは過去の思い出以外の何物でもないものになる。

一方で、勉強に励めば大きく将来へと繋がっていく可能性が高い。

学生が取れる選択肢の中で一番堅実で、無難なもの。

「無駄の中にも学ぶべきことは沢山ある。それが分かり始めたわね」

「おまえの兄貴も、生徒会長だったしな」

「兄さんの場合は私とは違うわ。生徒会の仕事を完璧に遂行しながら、学業でも非の打ちどころのない成果を残し続けていたんだもの。生徒会を重荷に感じることも、勉強不足に悩むこともなかったんじゃないかしら」

実際のところは分からないにしても、堀北学には常に余裕があったからな。

血の滲む努力をしていないわけはないと思うが、それを無為に見せたりはしなかった。

「結果だけを見ればあなたには感謝しているわ。生徒会に入ったことで見えなかったものが見えてきた」

素直に感謝を口にした、かと思えばまだ言葉を続ける。

「その分、兄さんの偉大さを改めて認識させられたし、余計な仕事も増えたけれどね」

「素直に感謝だけしてくれればよかったんだがな」

「多少の不平不満は受け止めてもらわないと」

「学がおまえにとって大変な目標なことには同意と同情をするがな」

純粋な学力、そして身体能力だけならオレが学に劣ることはない、それは断言できる。

だがもしこの学校のルールの上で、学が同学年だったなら。

ありもしない話だが、どんな戦いになっていたか分からないだろう。

そう思わせるような力を持っていたことは確かだ。

1

朝9時を特別棟のメイド喫茶で迎えると、一斉に全校生徒へとアナウンスが入る。

来賓たちが正門から足を踏み入れ、文化祭の開幕が告げられた。

「どうしよ、緊張してきた……」

「この学校入ってから、外の人間と接触することってないもんな」

篠原と肩を並べていた池との会話が聞こえてくる。

閉鎖的な環境に長い間身を置いている分、確かに余計な緊張は生まれるのかもな。

一方で佐藤たちメイド組は、松下の欠席によるシフト変更の打ち合わせを続けていた。

それぞれの負担はどうしても増えてしまうが、その時間調整も完了を迎える。

メイド服に身を包んだ佐藤が、不安を抱えて手と手を合わせたが、すぐに自信を取り戻すため自らの頬を手のひらで挟んで叩く。

「がんばろ……がんばれ私っ」

「麻耶ちゃんなら大丈夫だって。あたしもちゃんとバックアップするからさ」

裏方の手伝いをする恵が、そう言って明るく励ましていた。

「うん、頑張ってみる！」

大きな山場を越えて以来、２人の距離は本当に縮まった。

親友としての枠は、これ以降ちょっとやそっとで壊れることはないだろう。

他に心配しておかなければならないメンバーは……。

オレは周囲を見渡し、更に他の生徒たちの様子を観察する。

須藤たち一部の男子チームはアナウンスに耳を傾けることもなく、洋介を中心に最後の打ち合わせを行っていた。

混雑してきた時やトラブル時の対応策について足並みを揃えておかなければならない。

一通り指示を出し終えたところで、生徒の数が２人足りないことに気付く。

直後、オレと堀北は目を合わせた。お互いに思っていることは同じだろう。

近づいてきて、小声で話しかけてくる。

「長谷部さんと三宅くんがいなくなったようね」

「トイレってわけでもないだろうしな」

他の生徒たちは自分たちのことで精一杯なのか、まだ気付いていないようだ。

「この文化祭で何かあるとは思っていたけれど……」

「単なるサボりなら、むしろありがたいってところか」

最初から戦力として計算していない堀北にすれば、手伝わないだけなら気を揉む必要はどこにもない。

だが、もし妨害工作を行うとなれば話は別だ。

「けれど例の噂のせいもあって火に油を注ぐことにもなるわ」

「情報をリークした上に文化祭をサボったとなれば、まあ責められるのに十分か」

「時が解決するしかないと思ってここまでは見守ってきたけれど……やはり早い段階で手を打つべきじゃないかしら。せめて噂だけでも払拭しておくべきよ」

「言いたいことは分かるが、今日は文化祭に集中するべきだ」

「それでいいの？」

「噂を消せたとして、あの2人が抜け出した事実の方は消せない。それに文化祭で何か別の方法でクラスを困らせる可能性は、まだ残されているんだ」

不安材料を複数抱えたまま、下手に擁護を行えば余計な反感を買う恐れがある。

味方をするのは確実に波瑠加たちが敵ではないと判断されたとき。

「……そうね」

後ろ髪引かれる思いの堀北ではあったが、雑念を払うように咳払いを1度する。

「あなたなら長谷部さんたちにも上手く対応すると信じることにするわ」

オレは視線で答え、来賓たちを出迎えることにした。

2

「いらっしゃいませ〜！」

教室、いやメイド喫茶の中に佐藤の元気な声が響く。

それと同時に入店してきた来客1号は、40代と思われる男性の来賓だ。

店内で待ち構えていた総勢6名のメイドたちが、一斉に訓練通りの対応を見せる。

「お席に案内いたします」

声こそ元気だったが、緊張が抜けきらず硬い動きの佐藤。

それでも前日のリハーサルのおかげか大きなミスらしいミスもなく、席へと案内してからメニュー表とお冷を持ってテーブルへ。

練習の動きを取り戻すには、接客を繰り返して慣れていってもらうしかないだろう。

それからポツポツと、ゆっくりとだが来賓たちが増え始める。

年齢層は似たようなものだったが、時々その家族と思われる10代の男の子や女の子も恥ずかしそうに足を運び始めてくれたようだ。

「上々の立ち上がり、か」

いきなり満席とはならないが、空席ばかりが目立つことはなくてよかった。

携帯には、随時校内に点在しているクラスメイトから連絡、報告が入る。

どこの出し物に人が集中していて、どこが閑散としているか。

各クラスの売上が文化祭終了時まで不明な以上、足で情報を集めるしかないからな。

幸い全生徒1時間の休憩が必要なため、常に暇している生徒は一定数存在する。

だからこそ、当然オレたちのクラスにも偵察は張り付くわけだが。

しばらく室内の様子を見守ったあと廊下の様子を見てみることに。

既に多くの来賓が特別棟にまで足を延ばしているようで、視界に映る範囲では在校生たちよりも来賓の数が上回っている。

もしあの男の差し金がいるとすれば、既に視界に映りこんでいる可能性もあるな。

まさか下調べもなく、当日右往左往しながらオレを探すわけでもないだろう。

ただ、今のところ不審な人物は見当たらない。それにこれだけ大勢の大人、学生、子供が溢れかえっている状況では接触することも簡単ではない。

今はそっちの連中よりも在校生たちに着目すべきだ。

坂柳クラスの吉田はメイド喫茶の中を、隠そうともせず覗き込んでいる。

今のところ龍園クラスの生徒の気配はないが、そう遠くないタイミングで状況を確認しに来るはずだ。教室の扉が勢いよく開くと、慌ただしく出てきたのは池と本堂。

「早速料理オーダーが入ったんだ。屋台にまで取りに行ってくるぜ！」

「それはいいが、もう少し落ち着いて対応を頼む」

何事かと一部の来賓たちが驚いている。

「あ、そうか。悪い……！」

バタバタと店の人間が走って食事を取りに行く風景を、客や客になりうる者たちに見せるものじゃない。

注意を受けて2人は互いに顔を見合わせて頷き、やや早歩きではあるが進みだした。

最初の宅配ともあって、遅れるわけにはいかないからな。

今日はこんな往復をオーダーが入るたびに繰り返すことになる。

「綾小路」

名前を呼ばれ振り返ると神崎がこちらに近づいてきた。

「早くも繁盛しているようだな」

予行演習ではスルーしたが、一之瀬のクラスの出し物は確かスイーツ系だった。

クレープやチョコバナナといったものを多く取り扱っている。

「そっちは？」

「子供たちには大人気だ。ただ大人たちの食いつきは想定より悪く、売上で上位を目指せるかは微妙なところだな」

「苦戦しそうな割には顔色がいいな」

「そう……かもな」

どうやら、姫野と動き出した最初の一歩は上手くいったのかも知れない。

「これから体育館に行く。今後のためにも、3年生から学べることは学んでおきたい」

「そうか。またな」

神崎の背中を見送った後、メイド喫茶に戻り作業を始めることにする。

といってもオレの出番は『正午』を迎えるまでそう多くないが。

教室の一角をパーテーションで仕切った狭い休憩スペースで、随時トラブルに対応するために待機。また写真を希望する客が現れた時、撮影係を担当することになっている。

数分もしないうちに撮影の初仕事が入ってからは、それを見ていた客たちが立て続けに撮影を希望し始めた。

高校生との際どい思い出を作りたいと思う大人が皆無だとは言わないが、この学校の趣旨に則り来賓たちはお金を落としてくれていると見たほうがいいだろう。

ある意味ではこれも仕事だと割り切っている者も少なくなさそうだ。

それでも、メイド喫茶の中には会話と笑い声が少しずつ広がり、賑やかなどこにでもあるようなカフェの一面を見せ始める。

「新規お客様ご案内お願いします」

笑い声の飛び交う教室に、無機質な堀北の声が届く。

「1名様ご案内でーす」

すぐに接客のために佐藤が近づいてくると、空いている席へと誘導を始めた。

「それじゃ……また連れてくるわ」

愛想を振りまくことを苦手としている堀北は、屋外での宣伝を担当している。

客の目を引くためにメイドの格好こそしているが、本人に笑顔はない。

これが本当のメイド喫茶だったなら、堀北は面接合格のち、研修期間中に首になっていたような気がするぞ。

ま、その前提である堀北がメイド喫茶の面接を受ける、の行動が発生しそうにないが。

3

文化祭が始まって2時間弱、メイド喫茶は予定通りの客入りを維持していた。

重要なのは、仕入れた商品をどれだけ捌けるか。特に大量に仕入れているフィルムは1枚当たり70ポイントほどのコストがかかっているからな。

今のところは順調に消耗しているようで、インスタントカメラと撮影係のオレは忙しく教室のあちこちへと飛び回っている。

900０ポイント近くしたインスタントカメラは、故障した時のことを考えて予備にもう1台確保しているため、撮影機材にかけた投資額はけして安くない。

「撮影1枚頂きました〜！」

店内にメイドさんたちの声が響き、オレは控室からカメラを手にして動き出す。

今回はみーちゃんとの撮影を希望しているようで、すぐに会計を担当していた市橋が携帯でポイントを受け取り決済を完了させる。

「はい、チーズ！」

テレ笑いするみーちゃんとお客さんのツーショットを撮影したオレは、インスタントカメラから飛び出したフィルムを確認する。

「やはりか……」

撮影の瞬間怪しいとは思っていたが、みーちゃんの瞳が閉じられた瞬間にシャッターを切ってしまっていた。

「うう、ごめんなさい綾小路くん……」

「気にするな。もう一枚撮るぞ」

記念になる1枚、客人の表情は多少問題があっても構わないが、メイドの表情にミスがあったものを渡すわけにはいかない。

客人に対する配慮でもあると同時に、みーちゃんなどメイドたちへの配慮でもある。写りの悪かった写真を提供するのを、女の子として受け入れられるはずもない。だからこそ1枚800ポイントから撮れるとしても、フィルムが2枚、場合によっては3枚必要なこともある。

2回目の撮影は上手く撮ることが出来たため、現像できた写真を手渡した。

撮影が終わると、オレはまたすぐに控室へと足早に戻った。

とまぁ、朝からこんなことを延々と繰り返している。

それにしても――――。

政治関係者が多いこの文化祭は、あの男にとって絶好の機会。

周囲に人が多かろうと、何らかの策を講じて仕掛けてくると読んでいた。

これは坂柳理事長も同様だったはず。

ところが、正午が近づいてくる時間になっても何ら変化が起きる様子がない。

月城、そして体育祭に訪ねてきた謎の学生、その両者の会話が思い起こされる。

『しかしどれだけ優れていても所詮は子供。あの人は君のその強さも織り込み済みの上で私を送り込んでいることを理解した方がいいでしょう』

『月城を排除して、後はホワイトルーム生を排除すれば平穏が戻って来る。そんな勘違いをしているんじゃないかと思って助言に来た』

これらの事柄を多少強引に結びつけるとするなら、当然文化祭を通じて学生ではない大人による力で排除しようと考えるのが自然なことだ。

事実月城を使い強引に文化祭を実施することにしたのだ、そうあって然るべき。

裏をかいてこの絶好の機会を逃すなんてことがあるのだろうか。

いや、やはりそれは裏をかく以前の問題だ。

好機を逃す。もちろん、まだ文化祭が終わったわけじゃない。

だがもしもここで一切仕掛けて来ることがなかったとしたら。

それは単なる怠慢などではなく――――。

「綾小路くん、どうしようダージリンが切れちゃったみたいです！」

慌てた様子で駆け込んできたみーちゃんを見て、思考を中断させる。

ひとまず目の前の問題に注力することにしよう。

紅茶は複数の種類を用意していたが、高級茶葉を使用したダージリンが早速売り切れる事態に。１２００ポイントする高い金額帯の商品ということから話し合いで仕入れを最小数に絞ったが、予想外の売れ行きだな。

逆に手軽なティーバッグの安価な紅茶の売れ行きが悪い。

本番当日には買い足すことは不可能なため、今から在庫を復活させることは出来ない。

「すぐ全てのメニュー表に売り切れのシールを貼ってくれ。貼り出してる看板には手書きで修正しておく」

「う、うんっ」

オレはマジックペンを持ってすぐ、お店入り口のメニューの書かれた看板を訂正。

どちらも均一ショップで購入した安い小道具だが役に立っている。

「これでよし」

ダージリンのところに書いた『大好評につき完売』の文字を強調しておく。偏った売り切れではあるが、これはこれでメイド喫茶の人気をアピールする形にもなるだろう。

直後、オレの背後左側から腕が伸びてきた。

視界に入ったのは学生服ではなく、スーツの生地。

「振り向かずに受け取れ」

二つ折りにされた白い紙が、僅かに窓から入り込む風で揺れる。

接触はないかも知れない、そう思った矢先にこれか。

振り向くなという命令を無視するのは簡単だが、オレは黙ってそれを受け取る。

こちらに気配を感じさせず近距離にまで近づいてきた相手は、只者じゃない。

「名前を聞いても？」

「無用な詮索だ」

紙を掴むとすぐに左腕はオレの視界から消える。

しばらくの間その体勢を維持していると、近づいてくる別の気配があった。

「どうしたの清隆くん」

すぐに戻ってこないオレを気にして、洋介が教室から出てきたようだ。

「悪い、ちょっと道に迷った来賓に声をかけられて対処してた。トラブルか？」

「注文が上手く回らなくなり始めた。屋台も思った以上に盛況してるみたいなんだ」

「なるほど、回転が追い付かなくなってきたか。すぐに行く」

洋介が離れたのを確認してから、オレは右手に握りこんでいた紙を広げる。

『迎えに来た。どうするかは自分自身で決めろ。正門で待つ』

ご丁寧に電話番号まで添えられている。

どうするかをオレが決める？

もし本気で選択肢を与えているのだとしたら、帰る選択をするとでも思っているのか。

このメモがどれだけの意味合いを持つのかは不明だ。真実として言えるのは、これを渡してきたのは少なくともホワイトルームに関係する筋の人間であることだけだ。

直接の実力行使が出来ないと判断し、自己判断に任せるつもりなのか。

だがここまで何ら手立てを講じていないことも、この文章に関係しているのかも知れない。どちらにせよ気にするだけ無駄だ。オレは口の中に小さく丸めて紙を飲み込む。

紙はもともと植物で主な成分はセルロースだ。分解酵素を持たないため消化できずそのまま排出される。このメモを第三者が拾ったところで問題になることはないが、不用意に所持しておくことは何かしらのデメリットにも繋がるからな。下手に身動きの取れない文化祭なら、手っ取り早くこうしてしまう方が後処理もないため楽でいい。

4

文化祭が始まって3時間。

正午を迎え朝一番に学校へと足を運んだ家族と入れ替わるように、新しい来賓たちがやってくる頃。偵察に出た池たちからの報告を受け、オレは玄関近くまで足を運んでいた。

「あれだよあれ！」

池が指さした先では、龍園クラスの女子たち数人が声を張り上げていた。

「私たち2年Cクラスは、今2年Bクラスとコンセプトカフェで売り上げを競い合っています！　私たちが負けてしまうと、誰かが責任を負わされて退学するかも知れません！」

基本的に笑顔、明るくで接客を続ける多くの生徒たちとは明らかに異質な空気。

悲痛な表情で、声を張り上げる姿に大勢の来賓たちが足を止めている。

「どうか、皆様のご協力をお願いできないでしょうか！　よろしくお願いいたします！」

制作していたと思われるチラシを、次々と配っていく。そのうちの1枚を受け取ったと思われる中学生くらいの男の子に声をかけ、軽く見せてもらうことに。

そこには特別棟2階で和装コンセプトカフェを展開するクラスの出し物を詳細に書き記しているが、メニューなど料金には一切触れていない。その代わりに対決を前面に押し出し、絶対に負けられない戦いであることを強くアピールしていた。

「な？　な？　これ、やばいよな？」

口からの出まかせとは思えない、女子たちの迫真の訴え。

十中八九、龍園がクラスメイトに退学をちらつかせ脅しをかけているのだろう。

「マジで誰か退学にさせるつもりなのかな、龍園の奴」

「どうかな。その可能性は低いだろう。ペナルティでの強制退学ならともかく、合意を得ず脅して退学させたとなれば問題だ。実際脅された生徒が学校側に申し出れば逆に龍園の立場が危うくなる以前に、クラスポイントの急落は避けられない」

「だったら、嘘っぱちってことかよ！　今から行ってやめさせようぜ！」

「無理だな。クラスメイトは1％の恐怖に強く怯えている。それに言葉尻を聞いてればわかるが、退学するかも知れないとしか言っていない」

つまり来賓たちに対しても嘘をついていると判断できる材料はないわけだ。

ただの対立で済ませないところが、次々と手を打ってくる龍園らしい。

上位4位内に入ることよりも1位を取るために動いているとみていいだろう。

「もし負けたら100万プライベートポイント奪われるんだろ？　やべえよ！」

頭を抱える池に心配ないと教えてやりたいところだが、本気で怯えている姿を大衆に晒すのも重要なことだ。より対決の重要さが鮮明になって来る。

「ど、どうする？」

「向こうがその気なら、こちらも似たような戦略で応戦するだけだ」

「退学させるって脅すってことか⁉」

「そっちじゃない。オレたちも2年Bクラスとしてコンセプトカフェ対決に全力を注いでいることをアピールする。そのための準備も出来ている」

「え……？　で、出来てるって？」

「持ってきてもらった段ボールを開けてみてくれ」

オレは本堂と外村の抱えた箱を地面に下ろさせ、ガムテープを取り払ってもらう。

そこから出てきたのは、チラシの束。

「これ……⁉　あいつらと似たようなチラシじゃん⁉」

「オレも必要なら来賓たちを駆り立てるチラシを撒く計画だった。向こうに先手を打たれたが効果は十分発揮するだろう」

堀北クラスと龍園クラスが用意したチラシは、瞬く間に学校内を駆け巡っていく。2年Bクラスと2年Cクラスが一騎打ちをしていることが学校中に知れ渡る。

こうすることで、一騎打ちで大きな賭けを行っていることも勝手に想像される。

この対決を知れば、どちらのクラスも似たようなリスクを背負っていると錯覚する。

わざわざオレがクラスメイトを脅す必要性は生まれない。

「これから手の空いてる女子を招集して一斉にチラシを撒いてもらう」

「わ、分かった！　すぐに知らせる！」

直接足を使ってもらい、本堂たちからクラスメイトに伝達してもらう流れだ。

それから予め決めていたビラ配りのポイントに加え、屋台の出し物を運営する男子たちにも同様に対決していることを周知させるように通達する。

「聞いたか？　堀北のクラスと龍園のクラス、大金賭けて勝負してるんだってよ」

「私は負けた方のクラスのリーダーが退学するって聞いたけど？」

何の関係もない一般生徒の耳にも、一騎打ちの話が届き始めたようだ。

憶測は噂を呼び、噂は憶測を呼ぶ。

「オレは戻る。また何かあったら教えてくれ」

食事の宅配をしている池たちなら、常に状況の変化に気づける。

頼もしく頷く彼らにその辺のことは任せ、特別棟へ戻ることに。

その途中、大して往来のない廊下の片隅でビラを握る和装女子を見つけた。

「っしゃせー」

時折通りかかる大人に対してビラを渡す様に、たまにケヤキモールでも見かける覇気のないティッシュ配りをしている無気力な大人の姿が重なる。

ただ淡々と、既定の枚数を配っているという、そんな様子だ。

「1枚貰おうか」

「しゃす」

こちらの存在に気付いてもないのか、小さく感謝？を呟いてビラを差し出してくる。

が、流石にオレが受け取ったところで、相手の目がオレを見た。

「げ」

「こんなところでビラ配りしてたんだな、伊吹」

「っさい。向こういけ」

見られたくない奴に見られた、そんな嫌そうな顔をして視線を逸らされる。

「話には聞いてたが、一応律義に約束を守ってるってことか」

龍園との勝負に負けて和装するとは聞いていたが、思ったより似合っている。

「馬子にも衣装、か」

強烈に睨まれたが、意味はあまり分かっていなそうで安心した。

「何でもない」

人気のないところでビラ配りしていても全てのチラシを撒くのは簡単じゃない。

「もっと場所を移した方がいいんじゃないか？　向こうで山下たちが配ってるのを見た」

「冗談でしょ。なんで私があんな奴らと組まなきゃいけないわけ」

分かってはいたことだが、即座に拒否される。

「あんたがこれ全部もらってくれない？」

「それは無理な相談だ」

「もういっそ、ゴミ袋に詰めて捨ててやろうかな……」

気に入らないチラシの束を見下ろして、悪態をつく。

そうは言いつつそうしないのは、仮にも負けた罰をしっかり受けるためだろう。

自分が勝った時は相手に強要するが、負けた時は逃げる。

そんなことでは今後龍園やそれ以外の相手との勝負も成立しなくなるからな。

「ちなみに龍園とは何で対決したんだ？」

「私はタイマンが良かったんだけど、あいつの提案でカードゲームやったのよ」

「カードゲーム？　ポーカーとかそういうことか？」

「ま、似たようなもんね」

勝負の内容自体はどうでもいいが、龍園からの提案というのが引っかかる。

もしかすると伊吹は上手く搦め捕られたのかもな。

ともかく、これ以上伊吹の邪魔をするのも悪いからな。

「ここでおまえが懸命に宣伝していたことは、あとで広めておく」

「広めるな。ぶっ飛ばす」

ビュッと衣装が揺れると同時に鋭い蹴りが飛んできたので、オレは慌てて避ける。

「ちっ」

「そう言えばカフェの挨拶は『お帰りなさいませ旦那様』か。試しに言ってみてくれ」

「あんたが私の蹴りを顔面に受けてくれるなら言ってやる」

「即座に諦めることにしよう」

僅かに足をあげて威嚇してきたので、すごすごと退散する。

メイド喫茶に戻る頃には、先ほどまでのどこかゆったりとした状況はどこへやら、今日一番のお客さんが押し寄せ列を作り始めていた。

堀北も列整理の方に加わり来客たちを誘導している。

「チラシの方は問題なく配り始めたようね」

「ああ。ここからおまえと龍園のクラスは一気に他を突き放し始めるはずだ」

「全てはあなたの計画通りね」

「それに独特な色を添えたのはオレじゃないけどな」

オレと堀北は頷き合い、それぞれの持ち場に向き合う。

5

王道であるメイド喫茶。しかし早い段階で龍園が動きを周知したことが逆に功を奏したのか、龍園クラス以外に追随してくるクラスは存在せず、効果的な形で集客が行えていた。それ自体は喜ばしいことだが、ここにきて練習では起きなかった問題が発生する。

対決姿勢が打ち出されたことによる、客が多すぎるというトラブルだ。

教室の席は限界まで埋まり、これ以上詰め込めば息苦しさが増すだけ。来客を列に並ばせて待たせるしかないのだが、元々メイド喫茶は回転が速いわけじゃない。

メイドに扮(ふん)した学生と大人たちとの会話も楽しんでもらうことは欠かせない要素だ。

通常、こんな時は整理券を配って後で来てもらうなどの手を考える。

しかし文化祭において、それは必ずしも良い手とは言えないだろう。

仮に手持ちの資金が３０００ポイントほど残っている客が、整理券を受け取り１時間後に来てくれと言われたらどうするか。律義にそうしてくれる客もいるだろうが、大半は待ち時間の間に別の出し物に金を落とすことになる。

気が付けば３０００ポイント近くを吐き出してしまい、メイド喫茶に落とす金がなくなったので立ち寄らずに帰る。そんなことも十分に起こる展開だ。

だからこそ、１度並んだ客には入店して金を落とすまで並び続けてもらいたい。

そして可能なら、他所(よそ)で落とす予定のポイントまで吸収したいところだ。

「不味いな。痺れを切らした客が列を離れ始めた」

リスクを取り大きな見返りを得ようとしていた目論見に黄色信号が灯る。

ここはいったん、最後尾で新規に並ぶのを止めるしかないか。

「綾小路くん、少しの間、接客から抜けてもいいかな。私に考えがあるんだけど」

最後尾へと歩き出そうとしたところで櫛田がそう声をかけてきた。

様子が気になって状況を見に来たのだろう。

「どうするつもりだ？」

「待ってるお客さんは退屈なだけで、メイド喫茶には強い興味を示してくれてる。けどお腹も空いてるだろうし、離れるのも無理はないよね」

「そうだな」

ちょうどお昼時とも重なっているため、飲食目当ての客が多いのは今教室の中にいる大人たちの様子を見ても明らかだ。櫛田はお土産用に販売、用意していた手作りクッキーを詰めた袋を1つ手に取り、それを持って廊下へと向かって歩き出した。

そして今にも痺れを切らしそうな客に対し、笑顔で声をかける。

「お待たせしてごめんなさい」

そして袋から1枚のクッキーを取り出し、それを待っている人たちに配り始める。

少しだけでも小腹を満たしてもらう狙いもあるだろうが、それだけじゃない。

1度見返りを受け取ってしまうとその場から離れることに罪悪感が生まれること。

櫛田が持ち場から離れるなら、多少の罪悪感を背に列から逃げ出すことも難しくないだろうが、当の本人はこの場に留まり続け笑顔で話しかけ続ける。

クッキーも貰った手前、焦れったくも列から離れるのは容易ではなくなった。

櫛田がホールから離れることによるデメリットもあるが、既に席に着いた客はある程度お金を落とすことは確定している。

今は、その先の金を生み出す存在をキープすることの方が重要だろう。

店内の状況も誰より見えている他、自分自身を有効に活用する術を心得ている。

何をすれば1人でも多くの人間を自分の味方に出来るか。

大人の異性と距離を縮め、気分を良くする会話をこなし、時には手を握るなどのスキンシップ。その行動にも抵抗や嫌悪感を微塵も見せない。今日一日他の女子たちも頑張っては来ているが、これらの要素を全て完璧に出来ているのは櫛田だけだ。

時に会計に回った際にも、計算で躓いたりするミスも限りなく0に近い。

これで実践形式の練習には1度も参加していないのだから、まさに天賦の才能だろう。

「櫛田さん、本領発揮、だね」

敬服を示すように、洋介が働きぶりを見て頷いた。

「これまで逆風の強かった櫛田本人と、それを守った堀北にも多少追い風になりそうだ」

これだけの働きをされたならある程度は認めるしかない。

「人は簡単に恨む生き物だが、逆に簡単に認める生き物でもある。特に若いうちはコインの表と裏のように評価はくるくると入れ替わる。表から裏に、そして今また表に。ただ、振り回される分、疲れる存在には感じてしまうだろうけどな」

「それでも僕はいいよ。櫛田さんが、クラスのみんなと一丸となって戦えるのならね」

「見ていてつくづく感心する。ぶっつけ本番でここまで完璧にこなせるものなのか？」

「積み重ねだと思うよ。何度か文化祭の準備期間中、結構夜遅くに櫛田さんは堀北さんの部屋に足を運んでたみたいなんだ。練習してたんじゃないかな」

自らの持つ才能に加えて陰ではしっかりと練習を積んでいたということか。

もし洋介の読みが当たっていたとしたら、それはそれで櫛田の凄さを再認識だ。

堀北が櫛田に関して心配ないと自信があったことの裏付けにもなる。

それから控室に戻り、カメラを引っ張りまわし30分程。

「あの綾小路くん、櫛田さんはどこにいますか？」

忙しそうにしつつ、みーちゃんが顔を出してきた。

「櫛田？　櫛田ならずっと廊下で列整理しているはずだ」

そのこともメイドたちには伝達していたが――。

「櫛田さんと撮影したいってお客さんがいるんですすけど見当たらなくて」

列整理をしているはずの櫛田が姿を消した？

オレと洋介がすぐに廊下を見ると、確かに櫛田の姿が見えなくなっている。

「すみません、ここで列整理していた女の子を見ませんでしたか？」

並んでいる来賓に洋介が声をかける。

「あぁクッキー配ってた子のことかな？　同じ学校の子に声をかけられて、ついていったみたいだよ。５分くらい前だよ」

「どんな子でした？」

オレは話に割り込むように、その声をかけた人物について尋ねる。

「うーん、えっと、こう髪を２つ結びにしてる女の子だね」

パッと洋介には浮かばなかったようだが、こっちには強い心当たりがあった。

「悪いが少しだけ店を頼む。櫛田のやった方法で別のメイドに指示を出してくれ」

誰もが予期していないトラブルという奴だな。

だからこそ、オレが対処しなければならない問題であることはすぐに理解できた。

6

大勢の老若男女が立ち入る文化祭で、特定の人物を探し出すことは困難だ。

ましてどこに行ったか予測の立てられない相手なら猶更だろう。

携帯を操作しながら、オレはその圧倒的な情報網に感嘆のため息をつく。その速さと正確さに恐れ入る。連絡して数分も経たないうちに位置情報を手に入れられるんだからな。

ケヤキモールの方角でも寮の方角でもなく、屋内プール施設の裏手。

オレがそこに到着すると、場違いなメイド服を着こなす櫛田の背中を見つける。

「だから何度も言わせな――」

熱い話でもしていたのか櫛田は話し相手に詰め寄り静かな怒鳴り声を浴びせていた。

「わお――」

一方、もう1人はすぐにオレへと気が付き櫛田に話すのを止めるよう指示を出す。

「え……？　なんで……綾小路くんがどうしてここに……？」

「どうしてもこうしても、列整理のエースが不在になったら探すに決まってるだろ」

櫛田が示した列整理のお手本を代理のメイドに引き継がせてはいるが、どこまで惹きつけていられるかは分からない。

「上手く連れ出したつもりだったんですけど、よくここが分かりましたね先輩」

この口ぶりだとオレの監視が離れる瞬間を見計らってたようだな。

「生憎と今は頼れる人間と手を組んでる。どこに行っても居場所はすぐに分かるんだ」

天沢と言えど心当たりがないようだが誰かとは聞いてこようとはしない。

「すぐお返しするつもりだったんです。本当ですよ？」

「うん。彼女の言う通り。黙って抜け出したのは悪かったと思ってるけど、私もちょっとだけ天沢さんに話したいことがあったから」

「だったら立ち話でも良かったはずだ。10分も20分も離れる理由にはならないな」

「それは――」

列整理と客の引き止めが最優先であることは櫛田にも分かっていた。

だからこそ接客を捨てて、櫛田はその対応に当たっていた。

余程のことでもなければ、自ら席を外したりはしない。

「2人の間にどんな話があるにしても文化祭で忙しいんだ。今度にしてもらえないか」

わざわざ今日という日を選んでやり取りをする必要はない。

「あたしと櫛田先輩の組み合わせを見て、少しも驚かないんですね。知ってました？」

「いいや」

これまで、深い接点があったことは本当に知らなかった。

「だが今日このタイミングの接触ですべてを理解した」

不必要に感じるような情報までも頭の中で勝手に導き出す。

何故、満場一致特別試験で櫛田が退学させることに固執し無謀な賭けに出たのか。

背後にホワイトルーム生がいて、強引にけしかけさせたのなら無理もない。

どうして足のつきやすいこの文化祭で行動をしたのかも見えてきた。放課後になるとクラスメイトからの誘いも蹴ってどこかへ向かっていた櫛田の行動も一致してくる。

「櫛田先輩はちゃんと後でお返ししますから、少しだけ時間貰えないですかぁ？」

目の前の天沢はオレが答えに辿り着いたことにまだ気が付いていない。

「ごめんね綾小路くん、席を外してもらえないかな。出来るだけすぐに戻るから。私も、どうしても天沢さんに話がしておきたいの」

「言いたいことは分かったが、そうはいかないな。天沢、ここまでにしてもらう」

「先輩の目ってエッチですよね。あたしの全てを丸裸にしてくる」

誘惑するように唇へと人差し指の先端を押し当てる天沢だが、本心は性的なことを言っているわけじゃない。

こちらが見透かしていることに対する警戒心を、隠すための行動。

「櫛田。おまえは天沢と、そしてもう1人に過去に関する弱みを握られていた。だから満場一致特別試験では堀北(ほりきた)とオレを退学にするため、無理やりクラスを巻き込んだ騒動を起こしたんだな。あるいはそれ以前から何かしら動いていたかも知れないが」

「え……」

的中していたのだろう、肯定も否定もできず、櫛田はただただ驚いた顔を見せる。

「もう止(や)めましょうよ先輩。今はあたしと櫛田先輩との時間なんですから」

「悪いがそうはいかない。メイドとしての働き以前に櫛田はクラスに必要な存在だ」

「それどういう意味ですか？　あたしは別に何も悪さなんてしませんよ」

「おまえはそうかも知れない。だがもう1人はどうだかな」

そう答えると、ここで初めて天沢の態度に変化が現れた。

直後に不気味な笑みを浮かべた天沢は、近くの櫛田の手首を掴(つか)んだ。

「っ!?」

そして右手で引き寄せ櫛田の背後に立つと左手で力強く櫛田の口元を塞ぐ。

「もしかして先輩はもう1人の存在が誰だか、目星がついてるんですか？」

質問をぶつける前に櫛田の言葉を封じたのは櫛田がその人物を直接知っているから。

つまりもう1人のホワイトルーム生の正体を知っている。

だから不意に櫛田の口からその人物の名前を口走られないように先回りした。

「分かってると思いますけど櫛田先輩。下手なこと言ったら退学させちゃうからね？」

右腕を強く握られたためか、櫛田の顔が痛みで歪む。

「らしくないな天沢。どうやら相当追い詰められているらしい」

「待ってくださいよ先輩、あたし何も言ってませんよぉ？」

「行動一つ一つが物語っている」

痛みを堪えている櫛田には、この会話の本質は分からないだろう。

そして天沢自身、オレがどこまで理解をしているのかを把握していない。

「とりあえず今度2人きりで話しましょうよ。ここは大人しく見なかったことにして引いてください綾小路先輩。そしたら10分くらいで帰しますから」

「もしイエスと答えなかったら？」

「ここで櫛田先輩を使い物にならないようにしちゃうかも」

そういって、更に強く右腕を握りしめる。

「んんっ!?」

「あたし可愛い女の子ですけど、腕の1本や2本簡単に折れちゃいますからね」

「だったら試してみよう。おまえが櫛田の腕を折るのが先か、オレが止めるのが先か」

オレと天沢までの距離は大体5メートルほど。

「本気で言ってます？」

「それは折ることに対してか？　それとも止められるはずがないと思ってのことか？」

「両方です」

「なら、おまえは両方とも勘違いしているというわけだな。本気でやれよ」

笑った天沢は櫛田の右腕を握りしめていた右手の指、その握力を僅かにだが緩める。その瞬間オレは地を蹴り、天沢が腕を折るための動作へと切り替えたところへ潜り込む。右手が櫛田の腕を滑り手首へ到達、そして左手が、押さえていた口元から背中へと回り込んだところで、オレは天沢の右手を掴む。

「嘘――」

防衛本能だろう。一瞬で櫛田の腕を折る動作を捨て、こちらへと意識をシフトチェンジすると、握りこんで左拳を作ろうとする。

しかしそれ以上の動作をさせる隙を与えず、天沢を捕まえ身動きを封じた。

先ほど天沢が櫛田にしていたように背後に回り地面へとねじ伏せた。

「かはっ！」

勢いよく地面に押さえつけたことで、天沢が一瞬呼吸を失い、息を乱す。

その息で砂埃が僅かに舞い上がる。

「あっれぇ……ちょっと予想外」

「オレとおまえとの間に、それほど差がないとでも思ってたのか？」

目を見ればわかる。普段常にマイペースな天沢のプライドに、深い傷がついている。

「あたしの見込み違い、だったたってこと……？」

「そうかも知れないいな」

ホワイトルームで学んできた天沢の格闘能力は本物だ。正当な鍛錬を積んできた堀北や伊吹、あるいは我流で喧嘩を学んできた龍園たちですら天沢には勝てないだろう。

しかし、だからといってオレと対等に張り合えるかは全く別の話だ。

対峙する相手の技量が5から20、あるいは30に上がったところで、こちらが100に近い技量であれば同じこと。

「いつからあたしを倒せるって思ってました？」

「出会った瞬間からだ」

「それ、綾小路先輩からのセリフじゃなかったら寒すぎるって突っ込んでますね」

「この際だから言っておくが、おまえはもう1人の仲間がオレを退学に追い込むかも知れないと考えているようだが、オレがどうして一向に相手の名前を聞き出したりしないのか不思議に思わなかったか？」

天沢から、ゆっくりと笑みが消えていく。

これまで、オレは自分から進んでホワイトルーム生を探し出そうとしてこなかった。

「それは最初から勝負になると思っていないからだ」

「本気———で言ってるんですよね先輩」

「それが分からないおまえじゃないだろ天沢」

中途半端に格闘をかじっただけなら、まだ実感など持っていなかっただろう。

しかし天沢は違う。

トータル10秒にも満たない動きの中で、既に大差で勝負は決している。

「おまえもそいつも、早い段階でオレに挑むべきだった。回りくどく周囲の人間を巻き込んで楽しむような真似をするべきじゃなかった」

「先輩には、あたしが櫛田先輩に接触した理由……分かったんですね」

「さっき全てが繋がった。そしておまえが思いもよらないことが今起ころうとしている」

「思いも……よらないこと？」

「午後3時過ぎ、生徒会室を見張っていればいい。ただしおまえは誰の前にも姿を見せるな。それで全ての答えが分かる」

少しずつ力が抜けた天沢を見て、オレは拘束を解いた。

もはやこれ以上の力業は不要だろう。

「だいぶ時間を無駄にした。そろそろメイド喫茶に戻ろう」

「いいの？　あのままで」

天沢は立ち上がったものの、放心しているのか動き出す気配はない。

「大丈夫だ。おまえの過去が暴露される心配もない」

オレが歩き出すと櫛田が慌てて追いかけてくる。

「どうしてそんなことが綾小路くんに分かるの」

「どうしてだろうな。だが信じてくれていい」

「……綾小路くんは何者なの」

先ほどの天沢との会話、そして戦いを目にしていればその疑問は必然だろう。

「喧嘩のことなんて私には分からないけど……普通じゃないことだけは分かるよ」

「格闘技を習ってる同級生は珍しくないだろ。堀北や伊吹、自己流でも龍園や明人だって喧嘩は強いはずだ。男子と女子じゃ最初から勝負にならないものだしな」

あくまでも男女の差による圧倒だったと説明しておく。

そのことで櫛田が納得するかどうかは別問題だが。

「早く戻って列整理を手伝ってやらないとな。頼むぞ」

「うん、そう、そうだね」

そう答えた櫛田は、何かを決意したように頭を下げる。

「助けてくれて、ありがとう……」

意外な櫛田からのお礼。

もちろん、櫛田は対外的な面では普通の人間よりも簡単に下手に出る。

感謝の気持ちを述べること自体は、いともたやすく実行できるタイプだ。

「私が心から感謝してるなんて思わないだろうけど、別にそれでいい。ただ、嘘だとしてもそう言いたい気持ちになったから……」

「大したことはしてない。というよりもクラスメイトとしては当然の行動だ」

「ならこれを貸しとは捉えなくていいよね？」

その部分を強調され、ちょっと考えたが後には引けない。

「もちろんだ」

たとえ貸し借りにしたところで、それを律義に返すような櫛田でもないだろう。

○愛里の残したもの

一時離脱したものの、その後も見事な立ち回りで挽回してみせた櫛田。一連の活躍によって、今も尚長蛇の列を崩さず残すことに成功した。

だが、今度は客が多すぎることによって人手が不足する事態に陥ってしまう。

明らかに収容定員をオーバーした状態が延々と続いている。1時間の休憩を挟んだメイドたちも疲れは抜け切らず、動きもかなり鈍くなっていた。男子の手は余っているが裏方の仕事は出来てもホールに立たせることが出来ないため厳しい戦いだ。

用意したメイド服は全部で8着。

そのうち2着は、基本的に予備と考え常時稼働するのは6人まで。

休憩時間を除き佐藤、みーちゃんがエースとして常時奮闘。ホールを担当する予定のなかった堀北も途中からは接客を始めて動き回っている。そして残り3人は櫛田と松下のピンチヒッターとして石倉、そしてビラ配り専門で井の頭だ。

櫛田は廊下での引き止めに動いているため、実質ホールを回しているのは4人。

本来なら追加で人員を投入すべきだが、成り手がいないのが現状だ。

女子なら誰でもいいというわけにはいかない。

それは容姿や愛嬌などとは違う、本人の同意という部分も大きい。園田など何人かに声をかけたがメイド服を着る恥ずかしさと作業内容の過酷さに手を挙げてはくれなかった。

「綾小路くん。待ってるお客さんもだいぶ痺れを切らして来たかも……。このままいつまでも繋ぎ止めることは出来ないと思う」

合間を縫って、廊下から室内に顔を覗かせた櫛田が声をかけてきた。非常事態で接客（と言っても料理を運ぶのがメインだが）していた堀北も、櫛田を見かけ近づいてくる。

「最後尾はどうなってるの？」

「長時間待つことは伝えたうえで、待ってくれる人もいるけど大半は帰っちゃう」

長蛇の列を見れば嫌でも待つ気にはなれないだろうしな。

今残ってくれている客たちも単なる客とは違い、あくまで文化祭に来てくれた来賓たちに過ぎない。待たされた時間を勿体ないと感じて居残り続けることに期待は出来ない。

だからこそ櫛田が防波堤となってくれているのだが、決壊寸前といったところか。

「メイド服の余りは2着だったな？」

当日の非常事態に備えた予備の衣装を引きずりだす時が来たかも知れない。

「ええ、でもやってくれる子がいないのなら意味ないことよ」

「そうだ。軽井沢さんはダメなの？」

櫛田からの提案。彼女である恵なら、オレの指示なら聞くのではと思ったのだろう。

確かに強制させれば不可能なことじゃない。

だが――。

「彼女は確か、午後2時から休憩だったわね」

「ああ。丁度今休憩中だ。3時に戻ってから着替えさせたとして、どこまで戦力になれるかは怪しいところだな」

更に2人には分からない点だが、簡易更衣室で着替えさせることは出来ない。最悪寮にまで戻ってから帰ってくるとなると、更に20分か30分。

「あのさ、ちょっといいかな」

今日何度目の往復かも分からない料理を運んできた池(いけ)が、声をかけてきた。

「どうしたの。何かトラブル？」

「あぁいや、今人手が足りてないって話が聞こえてきたからさ……。その、さつきのヤツに任せたらどうかなって」

「篠原(しのはら)さんに？　でも、彼女が引き受けるかしら」

「それは大丈夫だと思う。それに、軽くだけどメイドの練習してたんだよな」

初めて聞く話に、オレたち3人は顔を見合わせた。

篠原は屋台で調理をする側に回っている。

「今すぐ彼女を招集できる？」

「おっけ！　任せろ！」

今はメイド服を着てくれる生徒がいるだけでもありがたい。その後篠原からの勧めもあって、東(あずま)を強く説得。参加してくれることが決まる。

「綾小路くん、分かっていると思うけど私は3時から休憩を取らなきゃいけない。抜けた後の人手も必要になってくるわ」

「それは心配ない。ちゃんと考えてあるから大丈夫だ」

15分後、篠原をホールに、東には櫛田と共に廊下で待っているお客さんたちを繋ぎ止める役割を果たしてもらうことに。

しかし廊下での櫛田の表情は険しく、けして喜ぶような展開ではないようだ。

「適材適所とは言い難いね。篠原さんじゃ見た目のインパクトも弱いし、かといって接客が上手なわけでもないから」

「緊急事態だ。仕方ない」

「長谷部さんは、やっぱり使えないの？」

「使う使わない以前に、朝からずっと不在だ。形式上は文化祭に参加しているが、ひょっとしたら寮に帰ってるかも知れないな」

「佐倉さんの退学に対する仕返しってこと？　事前の話し合いは参加してたんだよね？」

「参加と言っても見学してただけだけどな」

「それでも、篠原さんや東さんたちよりは知識があるってことでしょ？」

「だからこそ効果的な仕返しってことだ。波瑠加もそれに付き合っていると思われる明人も、オレたちは戦力に計算した上で予定を立てていたからな」

「……なるほどね。そこまで分かってた綾小路くんなら、あの2人が不参加になる可能性も視野に入れて別の手を考えてると思ってた」

「分かっていてもクラスの人数は増やせないからな。それに、最初から別の戦略ありきで動けば波瑠加や明人にも勘づかれる。それによって予期しない妨害工作に出られる方がデメリットと判断した」

「嫌がらせにはなるけど、それだけだよね。復讐って言えるほどの効果じゃないよ」

「これだけならな」

「どういうこと？」

「波瑠加と愛里は文化祭を楽しみにしていた。だからこそ文化祭までは見届けるつもりだったんだろう。そしてそれが終わればこの学校に留まり続ける理由はなくなる」

「……退学する、ってこと？」

「恐らくな。2人が自主退学となれば、単純な人数の不利に加えクラスポイントの大幅低下は避けられない。クラスには甚大なダメージが入るだろうからな」

「ダメージって、どれくらい？」

「見積もりでは2人合わせて600クラスポイント」

「ろ、ろっぴゃく!?」

「何も驚くことじゃない。この学校の通常ルールにおける退学は従来それくらいのペナルティが設けられている」

厳しい特別試験で退学リスクが高い限定的な状況を除けば、当然の措置とも言える。

「もし本当に2人が退学したら、私のAクラス行きは……絶望ってことだよね」

私の、と言い切るところが櫛田らしいがその通りだ。

「巻き返しはほぼ不可能になるだろうな」

「指を咥えて見てるつもりなのかな」

「打開策が生まれる予定だったんだが……」

オレは携帯に目を落とす。

残念ながら、期待していた通知はまだ来ていない。

「予期しないトラブルでもあったのか、切り札は到着せず、だな」

波瑠加の文化祭の妨害、いや自主退学という戦略。

これは基本的に止めようのない必殺技のようなもの。

どれだけ対策を練ったところで、完璧に防ぐ手立てが存在しないものだ。

仮に波瑠加自身がこの学校に残り続け、以前の櫛田のように自暴自棄なまま繰り返し妨害を行うつもりだったのなら、特別試験のルールを利用して強制的に退学させてしまう手もあった。小細工を打ったところでその上を行く戦略を導き出すことは造作もない。

だが波瑠加は分不相応な戦略は取らなかった。

自分の技量がオレに遠く及ばないことを悟った上で、最も効率的な手を選んだわけだ。

「このままでいいの？」

「それはオレが決めることじゃない。波瑠加が、そして明人が判断することだ。文化祭への不参加を貫くのならそれも仕方がない」

「私には本心から綾小路くんがそう考えてるとは思えないけどね」

「分かるのか？」

「分かるよ。私なんかに手を差し伸べるんだもん。長谷部さんたちをこのまま見捨てたりはしないんでしょ？」

どうやら、オレが今からやろうとしていることが櫛田には見えたのかも知れない。

「この時間まで説得をしなかったのは、2人のことを試すため？」

「狙いが分からなかったからな。文化祭を滅茶苦茶にすることなのか、そうでないのか。だがここまで何もしないことから、大体の推察はついた。今から接触する」

「どこにいるか心当たりはあるの？」

「そのために、色々と動いてもらってる」

携帯画面を見せて、波瑠加の現在地が書かれた、ある人物からのメッセージを見せる。

「頼もしい味方がいるんだね。私の居場所が分かったのもこの人のおかげなんだね」

「ああ。誰かを探したり見張ったりするのに、最適な人物だからな」

常に波瑠加たちがどこにいるかは、把握している。

「ただ結局のところ、オレが打てる手は限られてしまっている。それであの2人の心に響かせることが出来るかは、全くの別問題だ。行ってくる」

オレはこの場を櫛田たちに任せ、波瑠加のもとへ向かうことにした。

1

1度教室に立ち寄ったオレは、朝持ってきた段ボールを手に持った後、校舎を抜けケヤキモールへと続く道へ。やがて見えてくるのは学生たちが休憩に使ったりするベンチのある場所だ。こちら側には出店もなく、当然生徒も来賓たちの姿もない。

オレが近づくと、当然その人物たちの視界に入る。

「よくここが分かったね、きよぽん」

ベンチに腰掛ける波瑠加と、その近くに立ってオレを見つめる明人。

「おまえと愛里が、放課後よくこの辺で雑談していたのは知ってるからな」

今日一日、波瑠加たちは学校内の至る所を歩き回っていたと報告が届いている。

そして全てを終え、その終着駅としてここを選んだのだろう。

「流石は元綾小路グループ。正解」

笑うこともなく出迎えた波瑠加は、すぐに言葉を続ける。

「何しに来たの？　文化祭の邪魔はしてないつもりだったんだけど？」

「確かに邪魔はしてないかもな。だが協力もしてもらってない」

「それはそうだね」

「おまえには……いや、クラスには悪いと思ってる」

朝から顔を出していない明人(あきと)は、そう謝罪した。

「いい。おまえが何を思って波瑠加(はるか)の傍(そば)についているのかは分かってるつもりだ」

「そんなことより私の質問に答えてもらおうかな」

「何しに来たのか、か？　メイド喫茶は想像以上に大盛況でメイドの手が足らない」

「ふうん、そうなんだ。愛里(あいり)がいればもう少し違ったのかもね。私だって参加してただろうから、2人分の戦力が足らなくなったわけだし」

「その場合は櫛田(くしだ)がいなかった。もっと悲惨な状況だっただろうな」

「嫌味(いやみ)に対して嫌味で返してきたね」

「事実を述べただけだ」

波瑠加の喧嘩腰(けんかごし)のスタイルでは、どうしても言葉の応酬になりがちだ。

こちらをイラつかせるための手段なのは透けて見えている。

「最後の1時間だけでもおまえの手を貸してもらえないか？」

「答えなんて分かりきってるでしょ。私に説得なんて無意味だってこと」

「そうだな。方法があるとするなら、それは愛里を連れ戻すことだけだろうからな」

もちろん、そんなことは不可能だ。

「ともかく話だけは聞いてもらおうか。おまえもこれが何か気になってるはずだ」

オレは両手に抱えていた段ボールを地面に置く。

「おまえにこの箱を開けてもらいたい」

そう伝えるも、波瑠加は怪訝そうに眉を寄せるだけ。

「今更何をしようって言うの？　悪いけど、変なことに付き合う気はないから」

そう言って、波瑠加はポケットから1枚の封筒を取り出す。

白い封筒には手書きで『退学届』と書かれてある。

「驚かないんだね」

「文化祭が終わった後、おまえが辞める可能性が高いことは分かってた。そして、おまえも付き合うつもりなんだろ、明人」

「……ああ」

明人もまた、同じように退学届と書かれた封筒を取り出した。

「凄いね、きよぽんは。だから愛里も平気で退学にできたってことかな」

話しながらも、その視線はオレを見ていない。ただただ虚空を見つめている。

世界と自分を切り離し、どこか別の次元から話をしているようだった。

「愛里が楽しみにしてた文化祭。自分を変えて、大きな一歩を踏み出すための大舞台になるはずだった文化祭」

悔しそうに眼を閉じ、ベンチに拳を叩きつける。

「最後まで見届けようって決めた。あの子の代わりに全部見ておこうって決めた」

「確かにオレは愛里を退学させた。異性の感情も利用して処理をした。そのことに非がないと言うつもりはない」

「あの子には私が必要だった。そして、きよぽんが、綾小路（あやのこうじ）グループが必要だった。好きな人に退学させられたあの子が今どんな顔をしてると思う？　考えたことはあるの？」

「あいつはどんな顔をしてるんだ。何を考えているんだ。具体的に教えてくれ」

　理解していないオレの態度に腹が立つのか、波瑠加（はるか）の感情が前に押し出されてくる。

「ずっと、ずっと泣いてるに決まってる。悔しくて、悲しくて、辛（つら）くて、部屋の隅に座り込んで楽しかった学校生活を思い返してる。それが分からない？」

「それがおまえの中の愛里（あいり）なのか」

「私の中だけじゃない。あの子はそういう子なの！　なんで分かってあげないのよ！」

　大声とまではいかないが、明らかな怒りをぶちまけてくる。

「きよぽんだって本当は同じなんでしょ⁉　だけど現実を直視するのが嫌なだけ。自分が退学に追い込んだから、悲惨な思いをしてる愛里のことを考えたくないだけ！」

　ただ逃げているだけだと波瑠加は決めつける。

「残念だが、オレはそんな風にすら考えてない。退学した生徒のことなんてオレには関係ないからな。想像するだけ脳のリソースを無駄に使うだけだ」

　逆上することを承知で、事実だけを口にする。それは当然、波瑠加を強く刺激する。

「最低――ホント、最低だね」

　吐き捨てた波瑠加がゆっくりとベンチから立ち上がる。

「こんな冷酷な男を好きになったなんて、愛里も男を見る目だけはなかったかな」

ゆっくりと歩み寄ってきた波瑠加。

手を伸ばせば届くだけの距離に近づいてきた。

「もうこれ以上話をしてるのに耐えられない、いっそ私と一緒に死んでくれない？」

そう言って退学届を突き付けてくる。

死ぬ、それはつまり共に退学をしてくれるか？　という悪魔の誘い。

デジャヴを起こさせるようなその言葉に、懐かしむ思いも蘇ってくる。

「きよぽんだって愛里を退学にさせたことで悪い意味で注目を集めてるじゃない。それにAクラスで卒業することが強い願望ってわけでもないんでしょ？　それなら、別に辞めたっていいじゃない」

人間関係はたった1つのことでも簡単に崩壊する。この間まで、こんな会話がオレと波瑠加との間でなされるとは誰にも想像できなかっただろう。

「退学を迫るのはいいが、オレにはどうも腑に落ちない。おまえの勝手な妄想に付き合わされている愛里の件がどうしても引っかかる」

「は？　何が言いたいわけ」

「オレにはおまえが愛里の気持ちを理解しているようには見えないってことだ」

「私は誰よりもあの子のことを理解してる。事実を認めたくないのはそっちでしょ！」

「思い上がるなよ波瑠加」

「ッ!?」

こちらの威圧を含めた言葉に、沈黙してしまう波瑠加。反射的に攻撃されると誤解した明人が、身を挺するように波瑠加の前へと横入りし左手を広げた。

「ちょっと驚いただけ。別に平気だから、どいて明人」

明人の本能から察した身の危険は、波瑠加に感じ取れるものではなかったのだろう。まだオレを警戒しつつも、明人は左手を下げ少し後ろへと下がった。

「思い上がるって何。きよぽんこそ何を偉そうにしてるわけ？」

「勝手に愛里の気持ちを憶測、代弁して都合のいい答えを出すなと言ってるんだ。愛里の考えていること、その本心は愛里にしか分からない」

「分からないのはきよぽんの方。退学にされて平気だとでも思ってるわけ？」

「確かにその瞬間は絶望しただろうな。だが、どうして今の気持ちまで分かる」

「そんなの……ちょっと想像すれば分かるでしょ」

「違うな。おまえの中では愛里が今も辛い思いをしていないといけないだけなんだろ」

「……は？」

「辛いのは愛里が退学させられたからじゃない。都合のよかった存在が消えたこと。おまえは自分より劣る愛里を傍に置いて勝手に保護者面をしていたかった。そこから得られる優越感と満足感がたまらなく好きだった」

「そんなわけないでしょ！　あの子のことを思い出しもしない癖に！」

強く否定したが、その瞳には微かな揺らぎが見える。

「今のあの子の気持ちを考えると……私は！」

「本当に考えたのか？」

「何度も考えた！」

　平行線とも言えるやり取りの中で、波瑠加だけが激しく心を摩耗させていく。

「真実は分からない」

「そんなの……この状況で本人に直接確かめる方法なんてないでしょ！」

「確かに直接確かめる方法はない。だがヒントならここにある。この段ボールだ。これはおまえにとって今必要なものになる可能性が高い」

「は？　意味わかんないって。私に必要なのはそんなものじゃない」

「これが愛里の残した最後のメッセージだとしてもか？」

「……え？」

　今まで強気一辺倒だった波瑠加だが、後ろに立つ明人と共に目を見開く。

「そんなわけ……何の冗談？　どうせこの箱はきよぽんが用意したんでしょ？」

「愛里の退学が決まった日、あいつはオレ宛に荷物の発送手続きを行った。あの限られた時間の中で自分が何をすべきなのか、それを悟ったからだろう」

　波瑠加の視線が、足元に置かれた段ボールへと落とされる。

「差出人を見ればこれがオレが用意したものじゃないと分かるんじゃないか？」

　波瑠加はしゃがみ込んで段ボールに貼り付けられた伝票に目を向ける。

そこには受取人としてオレの、差出人にはオンラインショップの名前があった。

オレ自身、これを受け取って検索して初めて知ったこと。

気が付けば波瑠加は手を伸ばしガムテープの端を懸命に指先で捲ろうとしていた。

上手くいかないため何回か繰り返し、やっと剥がすことに成功する。

そうして開かれた段ボールの中。

そこに入っていたのは、1着のメイド服。

「こ、これ……」

それがどんな意味合いを持つのか波瑠加には分かったはずだ。

「私が着るはずだった……愛里とお揃いで着るはずだった……どうして——」

「あいつはおまえが立ち止まり、文化祭に参加しない可能性に気付いた。だからこそ、それを未然に防ぐためにこれが届くことになってたんじゃないか？」

「愛、里……」

「少なくともオレは、このメッセージから愛里の強い思いを感じ取れる。ただ悲しみにくれているだけのようには思えない。おまえはどうだ波瑠加」

「愛里……愛里っ……！」

段ボールからメイド服を取り出し、それを胸元に抱きしめる波瑠加。

溢れ出た涙と共に嗚咽を漏らす。

「一緒に文化祭がしたかったっ……恥ずかしがるあの子の背中を押して、きよぽんにお披

露目するあの子が見たかった……！」

けして贅沢ではない、近い未来に見られるはずだった景色を思い描き嘆く。

これで波瑠加が理解を示し、前を向いてくれればいい。

しかし――。

「これは……違う……」

涙を制服の袖で拭いながら、波瑠加は立ち上がり否定する。

「違う？」

「あの子が私に、文化祭に出てほしいから用意したものなんかじゃない……」

物事とは、そう簡単には変えられないものだ。

「ただ悔しかっただけ。本当は自分が着て出られたはずだって、きよぽんに恨みを込めて送ったもの……そうに違いない」

このメイド服をどう解釈するかは、各人に委ねられる。愛里が具体的なメッセージを残していたわけでもない以上、こちらに都合の良いことばかりが真実とは限らない。

「だってそうでしょ？　もし本当に私に着せるためだったら私に送ってくるべき。なのに宛先がきよぽんだったのは他に意味があるから、違う？」

着眼点の違いというのは面白いもので、確かにその可能性も排除はしきれない。

退学させた張本人に向けた嫌がらせの可能性か。面白いな。

「待て波瑠加。それは少し違う気がする……」

ここにきて初めて、明人が口を挟む。

「違わない。そう、そうよ、この荷物だってきよぽんが用意した自作自演かも……！」

「最後のプレゼントをおまえじゃなく清隆に送ったのは、こうしてまた２人で向き合って仲良くするキッカケにしてほしかったんじゃないか？」

もし波瑠加のもとに直接届いていたら。

そして素直にプレゼントを受け取ったとしたら。

その時、オレとの間にこうして接点が生まれることはなかっただろう。

「違う、絶対に違う……！」

「俺は、俺だって綾小路グループの１人だったんだ。愛里なら、あいつならそう考える」

「違うってば！」

波瑠加は振り返って駆け出すと、明人の胸倉を掴んだ。

「勝手な解釈しないで！　都合良く考えてきよぽんを許そうとなんてしないで！」

「別にそういうつもりじゃ……」

「もし、もし万が一そうだったとしても、あの子は大切な居場所を奪われた！　その事実は変わらない！　犠牲の上に成り立つ友情関係なんて認めない！」

「だが、誰が何を妄想したところで当人には何も影響を与えない。重要なのは実際に愛里が今どこで何をしているのか、その点じゃないのか」

「分かってる。だから私は退学してそれを確かめる。あの子の傍にいてあげるの！」

クラスに対する復讐を完了すると同時に、自分は愛里のもとへ会いに行く。

自主退学することは波瑠加にとって好都合でもあるわけだ。

「声大きいよ。幾らここでも、下手したら注目浴びちゃうんじゃない？」

怒りを裂くような、冷静かつ冷たい言葉がこの場に出現する。

オレ自身、思ってもみなかった登場人物、櫛田。

この緊張感の漂う場には不釣り合いなメイドの格好で、ゆっくり近づいて来た。

「店のほうは大丈夫なのか？」

「ちょうどお客さんが入れ替わって、少しだけ時間が出来たからね」

それが本当か嘘かは分からないが無断で抜け出してきたわけじゃないだろう。

櫛田が大丈夫、といった視線をオレに向けてきたことからも伝わってくる。

「何しに来たの」

この場に現れたことに対する疑問を感じているのは波瑠加だけでなくオレも同じだ。

「何しに？　見届けに、かな。長谷部さんと三宅くんが退学する気かもって綾小路くんに教えてもらったから」

一瞬だけ視線をこちらに向けた波瑠加だったが、すぐに櫛田へと向け直す。

「元を正せば櫛田さんが原因だしね。最初から退学者に反対してくれてたら……」

「悪いけど今はあの時の選択を後悔してないよ。あの出来事は私にとって汚点だったと同時に、新しい道を開かせてくれるきっかけにもなったからね」

「……櫛田さんを残したことが間違いだったたって、クラスの連中に教えてやる」

「退学したいなら好きにすれば？」

「強がらないでよ。櫛田さん自身が言ってたよね。自分にはAクラスで卒業するしか残された道はないって。仲良くできない居心地の悪いクラスで我慢し続けられてる唯一の理由でしょ。だからそれを奪ってあげる」

「私への復讐は上手くいくかもね。でも、重要なのはそこなの？　そんなことを佐倉さんが望んでるとは思えないけど」

「きよぽんと同じようなこと言わないで。どいつもこいつも……愛里の何が分かるのよ」

「さあね。でも、あの子があんたよりウジウジしてないってことだけは分かるかな」

「はあ？」

単なる口からの出まかせのようにも思えるが——何か根拠があるのだろうか。

この場に姿を見せたことからも、1つの疑問が生まれる。

「佐倉さんは弱かった。だから退学した」

「……あんたがそれ言う？　大恥かかされて負けたのは一緒でしょ」

「確かに私も負けた。弱かったことも認める。でも、佐倉さんが同じだったことも事実。ううん、彼女は私よりも弱かったから退学することになった」

実際に堀北は、愛里よりも櫛田の方が優秀かつ仲間として役立つと判断した。

そして文化祭ではその期待に応え活躍している。

もちろん仮に文化祭に出れていれば愛里が人気を集めたであろうことは疑っていない。だが優れた接客能力や知らない大人相手にも上手く立ち回る話術は一朝一夕では身につかない。この点は愛里には埋められなかった部分だ。

それ以前に、櫛田は2学期中間テストでも上位に入る好成績を収めている。

ここまでは確実に貢献していると言える事柄だ。

「あの子は確かに弱かった……だからこそ私が守ってあげたかったのに……」

「守ってあげたかった？　随分と偉そうなんだね。いつまでも弱いままだと決めつけてるのはあんただけじゃないの」

「ふざけないで」

「ふざけてなんていないよ」

櫛田はちょっとした波瑠加からの言葉責めなどものともしない。

これまでの経験値のためか、明らかに普通の学生とは違うタフさも兼ね備えている。

「綾小路くん。これ見てもらえる？」

櫛田は波瑠加から視線を外し、その目をオレに向けてきた。

「私は毎日、他人の秘密を求めていた。秘密に飢えていた。それが私の価値を高めることに繋がると信じてきたから。そして、それは佐倉さんだって例外じゃない」

対象が誰であれ、櫛田にとって利用できる可能性があれば網羅する。人は興味のあることに関心を向けられても、興味のないことに関心を寄せるのは難しい。並大抵の精神力ではそれを長期間続けることなど出来はしない。

「退学した後の彼女が持つ秘密も使い道があるんじゃないかって。そしたら見つけたの」

そう言い、櫛田は携帯を取り出すとある画面をオレに見せてきた。

携帯を受け取ると、オレはスクロールさせその詳細を読み進めていく。

「これは――――」

「綾小路くんも知らなかったみたいだね。もしかしたら綾小路くんなら、この事実に気付いてるかと思ったんだけど」

「流石(さすが)と言うかなんと言うか。よく見つけたな」

「昔はこの件で綾小路くんとも色々動いてたじゃない？　だから、かもね」

1年以上も前、まだ綾小路グループを結成する前の話だ。

波瑠加は愛里の話ともあって、気が気ではない様子でこちらを見ている。

「気になるでしょ？　あなたの大好きな佐倉さんのことに関する話だし」

それを見透かして挑発するように携帯をひらひらとさせる櫛田。

「何よ」

櫛田は携帯の画面を1度消し、それを手にした状態で波瑠加に近づく。

「私も大概悪い人間だけど、長谷部(はせべ)さんも似たようなものだよね。自分より弱い人間を見つけて、手助けすることに愉悦を感じるだけ。本質的に佐倉さんのことが心配なんじゃなくて、自分が世話を焼く人間がいなくなったことが寂しいだけなんでしょ？」

奇しくもオレと同じようなことを言う。

示し合わせたわけでもない言葉の展開に波瑠加はばつが悪そうに目を泳がせる。

「やっぱり家族と重ね合わせてるの？」

家族？　思わぬ発言に引っかかりを覚えるも、波瑠加がその先を制止する。

「止めてよ。……そのことは言わないで」

「なんで？　もう学校辞めるんだったら私に話してくれたことを誰に話したって関係ないでしょ？　秘密を守る必要はなくなるってこと」

そういえば、櫛田はオレよりも波瑠加について詳しいんだったな。

「私は間違ってない。愛里を守りたかった、傍にいてあげたかった。たとえそこに、私自身の目的のためって理由があったとしても……」

「気持ちは理解できるけど、長谷部さんの考えを正しいと認めてはあげられない。そんなだから高校に上がってからもまともな友達の１人も作れなかった。違う？」

「私は――」

「まぁいいや。これ以上無駄話してたらメイド喫茶の運営に支障も出るし。このまま何も知らずに退学すればいいんじゃない？　今更真実を知っても仕方ないよね」

歩み寄っていた足を止め、櫛田は波瑠加に背を向けた。

「待ちなさいよ！　愛里が何なのよ！」

「知りたいんだ？」

優位性を取られたことに苛立ったのか、強引に距離を詰め櫛田の肩を掴む。

「あの子は私がいないと何もできない。助けが必要だった」

「分からないいんだね。長谷部さんが考えてるよりもずっと、彼女は大人だよ」

半ばぶんどるように携帯を手にした波瑠加が、画面を指の腹で叩く。

ネットでアクセスした先。そこにはある人物のＳＮＳアカウントがあった。

呟くことで全世界に自分の思いを届けることの出来る便利なアプリだ。この学校では身分を明かせないため基本的に制約が大きく、使っている生徒はほぼいないだろう。

しかし、この学校に属さない者ならば当然、どれだけ利用しようとも問題はない。

そのアカウント名は『雫』。

かつてグラビアアイドルとして密かに活躍していた佐倉愛里のもう1つの名前。

例の事件以降、愛里はアカウントを削除してしまったが、先日復活していたのを櫛田が見つけた。作られてからまだ数日しか経っていないアカウントだが、既にフォロワーは1000人を超えている。

「嘘……これ、愛里の……？」

クラスメイトの情報を集めることに余念のない櫛田らしい手柄と言えるだろう。

「こんなの……あの子が作ったたって保証はないでしょ。どうせ綾小路くんや櫛田さんが捏造した偽者に決まってる……」

「実際に書かれてある文章を読んでもオレたちだと思うのか？」

『長い間休止していたアイドル活動を再開することにしました』

新規アカウント、最初の呟き。

そこから自分が学業に専念していたこと、友達との日々を満喫していたこと。

アイドルとしての活動は諦めていたことなど。

本人にしか書けないことが繰り返し投稿されている。

『私は、私に出来ることをやろうと決意しました。大切な親友に恥ずかしくない自分になるために。親友が卒業した後、恥ずかしくない自分を見せるために』

「おまえが保護者気どりだと言ったのは本当だ。愛里は確かに手のかかる存在だったかも知れないが、退学が決まった後から信じられないほどの速度で成長を始めた」

『昨日ついにオーディションに受かりました！　凄く緊張したけど、嬉しいです！』

「これって……」

波瑠加が息を飲む。ＳＮＳには3次審査を突破した際のコメントが載せられていた。

『私が芸能界を目指そうと思った理由は、自分の声を届けたいと思ったからです』

『苦しいことも悲しいこともあるけれど……前を向きたい。前を向いています。だからあなたも負けないで』

もちろん雫の名前を使った嘘のアカウントを作ることは可能だ。しかし、芸能プロダクションからフォローされていること、呟きの内容などは偽装することは難しい。だからこそ、このアカウントの持ち主が愛里であると波瑠加には分かるはずだ。

「それを読む限りじゃ、おまえの言ってた愛里の悲惨な情景は目に浮かんでこないな」

「過保護にして、自分が上だと決めつけてたんでしょ？　でも、あの子は退学したことで新しい道を開いた。立ち止まってなんていなかったってこと」

震える波瑠加の手から強引に携帯を奪うと、櫛田はオレへと振り返る。

「また抜け出しちゃったけど、許してね」

そう言ってこの場に似つかわしくない、いつもの笑顔を振りまいた。

「助けたつもりが、すぐに助けられたな」

「これは貸しだからね？」

「貸し借りはしないんじゃなかったか？」

「私借りるのは嫌いだけど、貸すことは嫌いじゃないんだ」

そういい、特別棟へ戻るためか歩き出す。

「抜け目のない奴だな」

色々と弱点を曝け出してからのほうが、一枚も二枚も上手に、櫛田らしく立ち回っている。

「……波瑠加。俺にはこれが偽者とは思えない」

明人も自分の携帯で雫のSNSを見ていたのだろう、代わりにそれを差し出す。

波瑠加はその後も、食い入るように愛里の刻んだメッセージを読み漁る。

「う、うぅ……」

食い入るように見つめていた視界がぼやけ、波瑠加の目から涙が溢れる。

自分がついていなければ何もできないと思っていた愛里は、気が付けば自分の前を歩き始めていた。今でも、心に傷を負っているはずなのに、懸命に歩もうとしていた。それは、波瑠加が立ち止まってしまうかも知れないことを危惧していたからこその行動だった。

自分はなんてバカなのだろう、と。

退学になってしまったことを不幸だと決めつけ、勝手に同情していただけだと知る。

「これはオレ自身にとっても新しい収穫だ。退学をした者、敗れ去った者はそこで全てが終わると思っていた」

唯一、送り届けられた荷物こそが彼女の最後の残り香だと決めつけていた。

「だがそうじゃなかった」

敗者復活。負けたところから新しくスタートを切る存在もいるということ。

これがホワイトルームとこの世界との大きな隔たり。いやそれとも、ホワイトルームから脱落した者たちも愛里のように再起を図れたのだろうか。

「あいつはこれから大物になるかも知れない。なのに、おまえはそんな愛里の後を追って自主退学するのか？　笑われるどころか、相手にもされないかもな」

今波瑠加が復讐のために学校を辞め愛里に会えば、どうなるのか、もう波瑠加自身想像に難くないだろう。笑顔で迎えられるどころか、本気で怒られるはずだ。

「私は——私はどうしたらいいの……！」

「答えは1つだ。愛里に堂々と会えるだけの自分になることだ。Aクラスで卒業したなら話は違う。おまえは3年間を乗り越え、愛里に並んでも恥ずかしくない人間になるために踏ん張らなきゃならないんじゃないのか」

愛里が波瑠加を追いかけるんじゃない。波瑠加が愛里を追いかける時。

「もしものために、この荷物の代金は文化祭で使用するものとして予算に計上してある」

文化祭で使用できるものである保証はどこにもなかったが、不測の事態に備えておいたのは正解だった。

つまりこのメイド服を着用しメイド喫茶に立っても何ら支障は起きない。

「他のメイドたちのように機敏に動けとは言わない。だが、おまえの望んだ愛里が見るはずだった景色を目に焼き付けろ。親友だったおまえにはその義務がある」

波瑠加は明人に小さく詫びを入れると、退学届を手渡し、メイド服を胸に抱き駆け出した。残された時間はわずかだが、まだ表舞台に立つ機会は残されている。

「清隆……。クラスメイトは波瑠加を受け入れてくれるか？」

「櫛田がいる。堀北がいる。洋介もいる。どんな状態であれ上手く立ち回るさ」

「……そうか」

明人は携帯をしまうと、2枚の退学届を重ね横にして、真ん中から引き裂く。

「あいつが退学する理由は消えた。俺も同様に、波瑠加と最後まで残らせてもらいたい」

「真実を知ったとしても波瑠加の心は孤立したままだ。おまえが支えてやってくれ」

今は皆と笑い合えずとも、学校生活は1年以上残されている。

本当の意味で笑顔を取り戻す日も、そう遠くはないだろう。

「俺もしばらくはクラスメイトに責められるだろうけどな」

やれやれと頭をかいて、少しだけ笑う。

「もし櫛田が現れなかったらどうなってたんだろうな。清隆はどうしたんだ」

「お手上げだったかもな」

オレは自分の携帯を取り出し、ネットを開く。

そして予め用意していた雫のＳＮＳへと繋がる検索履歴を全て削除する。

先に有効活用し活路を開いて見せたのは櫛田だ。なら、その手柄はあいつのもの。

「さあ戻ろうか明人。あと少し、文化祭は残ってるからな」

堀北クラスは欠けていたメンバーを取り戻すことに成功した。

時刻は午後2時20分を回ったところ。

「……ああ」

2

屋台まで明人を連れていくと、男子たちは茶化しながらも躊躇わず受け入れる。

そんな温かい出迎えに感謝した明人の目は、少しだけ赤くなっていた。

特に揉め事を起こした中心人物でなかったことも大きいだろう。

元綾小路グループの啓誠はちょうど休憩に入ったため、残念ながら姿はなかったが。

特別棟のメイド喫茶まで戻ると、長蛇の列は相変わらず続いていた。

櫛田が笑顔で接客をしながら新しくクッキーを配り歩いている。

年配も若い子も、そんな櫛田に癒されるのか多くの視線を独り占めしていた。

共に頑張っている東には悪いが貢献度は段違いだな。

「お客様お帰りでーす！」

佐藤が叫び入り口へと誘導してくる。

2人の女性客がメイドたちに手を振りながら教室を後にする。

そして忙しなく次のお客さんが入って、空席へと案内される。

元々この教室に備えられていた席と椅子は、景観のために間引いていたが、今は集客数を伸ばすため合間を縫って運び込み形を変えている。

本来ならもっとゆったりとしたスペースでくつろいでもらうべきなのだろうが、残り時間最後まで稼ぎきらなければならないため仕方がない。

「どうやら来たみたいだよ」

廊下から一瞬顔を出した櫛田の一言を受け、オレはその人物の出勤を待つ。

「はあ、はあ、はあっ！　走りづらい！」

息を切らせ肩を激しく上下させる波瑠加が到着したのだ。

メイドたちも一瞬波瑠加の存在に気を取られたが、今はそれどころじゃないからな。

すぐ自分たちのやるべきことへと頭をシフトする。

この場でどうして来たのなどと問い詰める者はいない。

「長谷部さんどこで着替えたの？」

「女子トイレ……。大変だった」

「だろうね」

大勢の前なため、天使モードの櫛田が苦笑いして波瑠加を迎える。

「……状況は？」

「それは堀北さんに聞いて。私は列整理のほうで手一杯だから」

メイド服の堀北が、波瑠加を呼び出し1度控室に入った。

「よく来たわね」

まずは一言、歓迎する旨を伝えた堀北は硬い表情の波瑠加の背中を優しく撫でる。

「今日は顔を見せないと思っていたけれど、覚悟を決めてきたのね？」

完全に復調とはいかないが、波瑠加は呼吸を落ち着けながら頷いて答えた。

「あなたは本来メイド役じゃない。練習もしてない。佐藤さんたちのように機敏に動けるとは思っていないけれど……今は猫の手も借りたい状況なの」

いきなりの実戦で、一番厳しい戦いへと放り込まれることは避けられない。

「文化祭に貢献するために来た。そう信じていいわね？」

「大丈夫。皆の頑張りを壊すような真似はしないから。……信じないだろうけど」

「いいえ信じるわ」

波瑠加の言葉に迷わず堀北は信頼を表明する。

「どうして……？」

「あなたの目を見ればわかるわ。綾小路くんに上手く言いくるめられたんでしょう？」

「おい」

「それと櫛田さんにね。メイドの格好で詰め寄られるとは思わなかった」

「櫛田さんに？　いつの間に持ち場を離れたのかしら……」

ホールで忙しかったためか、堀北は不在になったことを知らなかったようだ。

「ともかく、文化祭が終わるまで私への恨み辛みは嫌でも忘れてもらうわよ」

「……分かってる」

「ならいいわ。あなたにはお冷が減ったお客さんへ注ぐ仕事と、要望が入れば写真の撮影に参加してもらう。いいわね？」

「何とか、やってみる」

ここまで来た以上、波瑠加はまな板の上の鯉だ。

やりたいとかやりたくないなどと、そんな甘ったれた発言は許されない。

「私は3時から強制的に休憩を取らないといけないから、それ以後のことは綾小路くんに任せるわ。彼女のことよろしくね」

「オレに出来るのは精々写真を上手く撮ることくらいだ」

今日はもう何十枚とシャッターを切ってるからな。コツも分かってきたところだ。

頷いた波瑠加は、1度オレを見てから深呼吸をする。そして水と、一切れのレモンが入ったピッチャーをもって控室を出ると店内を歩き始めた。

一人一人に自己紹介しながら、丁寧に頭を下げていく。

もちろんスムーズだとは言えず、他のメイドたちよりも明らかに練習不足。

しかしそれは逆に大人たちから温かい眼差しを向けられることにもなる。

更に女性として魅力的な一面を持つ波瑠加には、その内面が見えずとも無意識のうちに好感を抱くもの。

「勝ち負けの前に、私たちのクラスとしてはやっと安堵できそうね」

「だな」

「綾小路くーん。長谷部さん3枚写真撮影頂きました！　よろしくお願いしまーす！」

佐藤からの声が控室に届いたため、すぐにカメラの準備をする。

堀北も休憩までの残り時間、最後のラストスパートをかける覚悟だろう。

「また後でな」

堀北が控室を出た後、オレは室内のボードに着目する。

誰が一番指名を受けて写真撮影に応じたかが一目で分かるように作ってあるのだが、オレが不在の間も撮影回数を伸ばしていたのは56枚の櫛田だった。2位の佐藤は24枚で圧倒的な差をつけて堂々の1位だ。

ちなみに堀北に関しては愛想がないためか11枚しか撮影していない。

外見だけの評価なら櫛田に負けないと思うが、重要なのはそこじゃないのだろう。

一に愛嬌、二に愛嬌……だな。

「ここから波瑠加が巻き返しを図っても、流石にこの記録は超えられないな」

カメラをもって波瑠加の前に立っている間にも、廊下からはまた新規のオーダーが入り櫛田との写真を希望する客の声が届く。

「よし波瑠加。撮るぞ」

「……う、うん」

オレと向き合うことにはまだ抵抗があるためかその表情は硬い。

レンズ越しにシャッターチャンスを狙うが……。

「洋介と代わろうか」

「待って。大丈夫……うん、大丈夫」

自分に言い聞かせるように何度か呟き、波瑠加が手を挙げる。

満面の笑みとはいかないが、写真としては十分な表情になったためシャッターを切る。

1枚は単独。残り2枚はお客さんとのツーショット写真だ。

3

いよいよ午後3時も近づいてきた頃。

オレは最後の一手を打つべく、その下準備としてメイド喫茶を後にしていた。

幾ら売り上げれば1位を取れるのか、その明確な金額は誰にもわからない。

もちろん流通しているプライベートポイントの半数を超えることが出来れば確実に1位を取ることが可能だが、それは仕組み上ほぼ不可能だ。

つまり文化祭が終わるその瞬間まで、稼げるだけ稼ぐことが重要になる。

学生たちのコンセプトカフェは、堀北クラスも龍園クラスも好評を博した。

一騎打ちの構図は多くの来賓たちを驚愕させ、どちらか、あるいは両方のクラスに奮闘してもらおうと協力してもらうことが出来た。

膠着、拮抗していると思われた状況に新たな変化が起きたのは相手方の状態を知るため、和装コンセプトカフェまで様子を見に来た時だ。

長蛇の列を作った客たちが、今か今かと入店を待っている。

「こっちも負けず劣らず大盛況だな」

想像以上の繁盛ぶりで、龍園クラスの生徒に話しかけるような暇もない。

この瞬間を見ただけですべてが判断できるわけじゃないが、稼いでいるポイント額にほとんど差はないんじゃないだろうか。

十分上位を狙える手ごたえだが、それでも絶対の保証はどこにもない。

「わざわざここに呼び出してすみません茶柱先生」

校内で2年生以外のクラスにポイントを使っていたであろう茶柱先生を呼び出した。

「プライベートポイントは使い終わりましたか？」

「ん？　あぁ、残りは80ポイント。使い切ったと言っていいだろう。それがどうした」

時間が時間だけに、しっかりと教師として文化祭への貢献を終えたようだ。

「つまり、これからの時間は空いているということで構いませんか？」

「そうだな。あとは文化祭終了を待つだけだが……一体何なんだ」

ここに呼び出された理由がわからず、困惑した様子を見せる。

あくまでも和装カフェは背景でしかない。オレの口から繁盛していることや、堀北クラスが負ける可能性がある、といったことは言わない。

勝手に茶柱先生が勢いを目の当たりにして解釈してくれればそれでいい。

「実は──これから1時間ほど茶柱先生に協力を仰ぎたいんです」

「待て綾小路。協力？　おまえの言っている意味が分からないのだが……」

教師たちは学校内でポイントを消費し文化祭に貢献する。

その役目だけが今日は与えられている。

「メイド喫茶で売上を立てるために、茶柱先生にメイドになってもらいたいんです」

勝ちを盤石にするための戦略を言葉にして伝えるが……。

「……は？」

ここまで間抜けな声は初めて聞いたかも知れない。

「私にメイド？　そんな話聞いたこともない……おまえは何を言っているんだ」

「今話しましたからね。勝つために打てる手立てを打つだけです」

「何故私がメイドになる必要が。そもそも私は教師だ。そしてクラスの担任でもある。特定のクラスに肩入れすることなど許されるはずもない」

「そんなことはないでしょう。今回のルールでは、学校の教師たちは来賓と同等の扱いとなること。担任は自分たちの学年ではポイントを使えないこと。その2つのルールしか課せられていません。また学生だけしか出し物に参加してはいけないという決まりもない。極端な話、来賓に接客をさせるのも自由なはずです。構図は普通ではありませんが、それはあくまで引き受ける側が良しとすれば解決する問題」

ルール上では禁止行為に該当しない。

これが急遽コンビニやケヤキモール、あるいは文化祭で使用できるポイント以外のところから個人の支出で商品を仕入れる行為などなら明確な違反になるが。

しかし『人材』という観点では申請は不要かつ自由な扱いだ。

頭の整理が追い付いていないのか、茶柱先生は言葉にならないようだった。

「もっと分かりやすく説明しましょうか？　重たい荷物を運んでいる生徒がいたとして、フラフラとした足取りをしている。通りかかった来賓が手伝おうと申し出て目的の場所まで荷物を代わりに運んだ。これは違反ですか？」

「……違反じゃない」

「そうですよね。これは学生たちに置き換えても成立します。2年Aクラスが2年Dクラスに協力を要請し、Dクラスは快諾。生徒を貸し出したとして問題がありますか？」

貸し出す理由は様々だ。純粋な気持ちでサポートするため。内側で問題を起こさせるための策略、あるいは見返りを求めての労力と対価の交換。

どんな理由であれルールの範囲内なら学校側がそれを咎めることはない。

実際に校内を歩いただけでも、他所のクラスをサポートする生徒の姿は散見された。

「問題は……ないな」

「それと同じことですよ。先生が協力に応じること自体はルール違反に該当しない」

「いや駄目だ。それでも自分の受け持つクラスのために手を貸したと見なされる」

「そうですね。大まかに許されていても、そんな意見が出ないとも限りません」

だからこそ明確なルールを活用し正当なものにしておく必要がある。

「教師を借りる場合に発生するであろうプライベートポイントはお支払いします。学校も今回のこの文化祭を見越して、その可能性を視野に入れているはずですよ」

「まさか――いや、しかし……十分考えられる……」

図星を突かれた。そんな表情を見せる。

茶柱先生もこの学校の教師で、過去には別のクラスの受け持ちもしている。

過去に実施例のない文化祭でも、様々な想定を学校がしているのは当然のことだ。

原則として、この学校でのプライベートポイントは強力な武器となる。日常の買い物だけではなく、必要に応じて人員確保のために使用できても不思議はない。

「この学校にプライベートポイントで買えないものはない。違いますか？」

これを否定することは学校の否定。

そして教師として失格だと認めるようなもの。

本意とはかけ離れていようとも、茶柱先生に拒否する権利は存在しない。

慌てて茶柱先生が携帯で文化祭に関するルールを読み漁り始めた。

「……教師の協力を仰ぐ場合、1時間毎に10万プライベートポイントを支払うこと」

「学校だけが持つ裏ルールにしっかり用意されているようですね。その選択肢が」

かつてプライベートポイントでテストの点数を買った時と同じことだ。

「1時間に10万ポイントだぞ。安くない額だが……本当にいいのか？」

「もちろんです」

本来、教師に協力を要請したとしても大して役には立たない。

料理を作らせるにしても、給仕をさせるにしても、予め練習していなければ1時間程度味方になったところでプライベートポイントの無駄遣いだ。

店に出て給仕をするとなれば、ぶっつけ本番でこなすことは難しい。

しかし通常の使い方と異なる方法ならば、高いプライベートポイントを支払うだけの効果を得ることもできる。

「本当の本当にいいんだな？」

「くどいですね茶柱先生。今は時間が惜しいので、嫌でも協力してもらいますよ」

午後3時以降になれば1時間フルに手伝ってもらうことが出来ず効率が悪くなる。

「ま、待て。そうだ、チエにお願いしたらどうだ？　この手のことはアイツの方が上手くやる。ライバルクラスでも教師としての務めを果たすはずだ」

「でしょうね。でも、今オレが求めているのは器用にこなす人間ではなく、むしろ不器用な人間です。不器用であればあるほど、あるいは縁遠い位置にいる人ほど効果を発揮すると思っていますから」

「分からん……私にはおまえの理屈がさっぱり分からない」

心の底から嫌であること、理解できていないことは本当だろう。

理解できないからこそ、こちらの想像通りに茶柱先生が機能してくれる。

「もう時間がありません。よろしくお願いします」

強引に携帯を持たせオレは茶柱先生にプライベートポイントを支払う。

「これで契約は成立です」

「ひ、卑怯だぞ綾小路。学校のルールを使うなんて」

それは卑怯でもなんでもなく、実に真っ当な戦い方だと思うのだが……。

「メイド喫茶のやり方などさっぱり分からない。どうなっても知らないからな」

「構いませんよ。先生には何も期待していません」

メイド姿の茶柱先生が教室の中に存在している、その事実だけあれば勝てるのだ。

4

嫌がる茶柱先生を更衣室に押し込み、オレは携帯であらかじめ用意していた文章をペーストして一斉にクラスメイトへと連絡事項として送信する。

ラスト1時間限定で茶柱先生がメイドとして働くことになったことを伝え、手の空いている生徒たちに学校中に宣伝して回ることを通達するためだ。

狙い通り、この話題は口コミを通じて速やかに広がっていく。

先生を使った、学生には絶対に実現できない限定の特大イベント。

ざわっと廊下の空気が変わるほど、一瞬で騒動に発展するのが分かった。

小走りで駆け付けたメイド姿の茶柱(ちゃばしら)先生が、顔を真っ赤にしながら到着する。

「き、来たぞ綾小路(あやのこうじ)。は、早く教室の中に入れてくれ！」

「お待ちしてました」

タダで見せ続けるわけにはいかないため、オレは誘導して教室の中に導く。

「それで、私にここで何をしろと……っ？」

「何もしないでいいです。ただ、ジッと立っていて下さい」

「な、なに？」

「言ったじゃないですか、器用にこなすことは求めていないと。よろしくお願いします」

こうして茶柱先生を教室の中に放り込み、ただ立たせておく。

誰かと話すわけでもなく、ただただ教室の隅で恥ずかしそうに立ち尽くすだけ。

誰かに救いの視線を求めても誰も助けられない、いや助けないように指示を出す。

これこそが、究極のエロティシズムだ。

ここからはメイド喫茶の方針を大きく転換していかないとな。

最大の懸念材料は教室に入りきらない大勢の来客たち。この物理的な問題を強引に解消するには、客たちにそれなりの代償を払ってもらう必要がある。

それは『立ち見入場料』を設け、キャパシティを超えた客を受け入れること。

教室の中に入るため1000ポイントを払えば即時入店を認めるルールを追加。

先頭で待っている客から順に提案をし、立ち見で構わないと答えた者だけ順番を前後させて先に入室させる。現時点で並んで待っている来客の中には不満を漏らす者もいるかも知れないが、そのリスクは覚悟の上だ。

「立ち見席……。メイド喫茶でそんな発想聞いたこともないよ」

「第二のスペースってヤツだな」

机をセットすることが出来ない教壇側、そして教室後方の空間に立ち見スペースを設けること。これなら机や椅子が入りきらずとも入室させることが可能だ。

そして茶柱先生との写真撮影は2000ポイント。

生徒たち1人を撮る写真の倍以上の値段で販売する。

それらを入り口のボードへと急いで記入していく。

「すっご……。その値段でお客さん受け入れてくれるかな……？」

「後ろを見てみろ」

ボードに書き記しているのを見つめていた櫛田が振り返ると、会計を済ませ立ち見席を受け入れた客が次々と教室の中へ吸い込まれるように消えていく。

今後2度と見られないであろうその姿見たさに、現役教職員たちも興味津々だ。

同学年の担任教師はプライベートポイントを落とせない制約はあるものの、学校に在籍している先生は2年以外を担当する先生のほうが当然圧倒的に多い。

それにケヤキモールで普段働く大人たちにしてみても、茶柱先生に対し日常の中で繰り返し目撃するとおりの、堅物な先生のイメージを強く抱いている。

まるで波のように押し寄せてくる大人、大人、大人たち。

「なんか、私たちの頑張りが霞んでいくような……ちょっと落ち込んじゃうかも」

外部からきている大人たちにはこの現象の意味がよく分かっていない層もいるだろう。

しかし『一目見ておいて損はない』という話になれば別。

よく分からないが自分も見ておこうと限定の言葉に釣られ衝動に駆られる。

10人を超え20人を超え、立ち見客で溢れかえっていくメイド喫茶。

長蛇の列は減るどころか勢いを増していく。

「す、すごい数だね綾小路くん」

呆気に取られた櫛田が、大挙して押し寄せる大人たちに引いている。

「だな。正直、オレもここまでとは思わなかった」

「こんなとんでもないこと、いつから考えてたの？」

「2週間くらい前だ。文化祭の隠し玉として想定していた」

「もし、もっと早い時間から始めてたらどうなってたんだろう……？」

「確かに持続効果は2時間か3時間はあったかも知れない。だが、別の問題も発生する。時間に余裕がある場合、他クラスも真似事をすることは出来るからな」

「あ、そっか。残り1時間もないから、真似しようと思っても真似できないんだ」

あのクラスもこのクラスも、教員を使った出し物をすれば効果は薄れてしまう。

「仕掛けるならプレミア感も出せるこのラスト1時間しかない」

メイド喫茶の評判を櫛田たちが良い形で広めてくれていたことも功を奏した。

「……なるほどなぁ。勝てないわけだよ」

「ん？」

「綾小路くんの凄さを改めて実感した。敵に回すととんでもなく厄介だね」

「目が笑ってないぞ櫛田」

「クラスメイトで良かったって気持ちとムカつく気持ちが半々だったからかな？」

半々といったが、後者の方が割合として多そうな気がする。

「押さないでください！　ここに並んで！　押さないでください！」

須藤たちが慌てて人の壁を作り、列を作らせようとするが、どうにかして教室の中が見られないかと模索する大人たちもいるため、群衆になりつつある。

だがこちらも商売。徹底して中を隠し、窓には鍵もかけているため強引に中を見るには窓ガラスでも割るしかない。

もちろんそんなことをする大人はいないため、無理やり列を作らせていく。

こうしている間にも、茶柱先生の撮影を希望する者は後を絶たない。

入店した立ち見客もそれ以前から店内にいた客も、次々と挙手し撮影を求める。

「この1時間で個人の売上トップに立つかも、先生……何もしてないのに」

「これ以上は流石に入れられませ〰〰ん！」

悲鳴のようなみーちゃんの声が届き、第二スペースが埋まったことを知らされる。

「ここまで、かな？　まだお客さん全然減らないし帰る気配がないのは勿体ないけど」

立ち見客を入れられたところで満足するべきかなと、櫛田が言う。

「まだだ。今残ってる客は金を持ってるから並んでる。帰すつもりはない」

「だけど——もしかして、机を運び出すとか？　でもテーブルは食器類とかもあるし無理だよね……運び出すのにも手間がかかるし……」

教室の中には、もはや客を入れる空間などないのは明白だ。

「ここから第三のスペースを有効活用する」

「第三の……スペース？」

オレは並んでいる全ての客たちに向かい声をかける。

「大変申し訳ございませんが、店内は満席でこれ以上入室は出来ません」

そう告げると、不満そうな大人たちの視線が次々と飛んでくる。

「しかし、特別に現時点で手持ちが1ポイント以上残っている方々は、全額を支払っていただくことでこの場所から室内の様子を見ていただくことが可能です」

この場所とは、メイド喫茶が列形成を許されている廊下のことだ。

扉を開けることで遮蔽物を取り除き、窓を開けることで疑似的に教室を拡張させる。

「ろ、廊下を使うの⁉」

「そうだ」

「で、でも全額って……少額ならともかく、大金持ってる人で払う人いる？」

いくら茶柱先生でも全額を出す人がたくさんいるとは思えないようだ。

「問題ない。大金を払う価値があるかどうかはオレには分からないが、残り時間はもう少ない。仮に1000ポイント近く残っていたとしても、どこでどう使うことが出来るかは大きな疑問が残る」

「あ、そっか……文化祭が終わったら残ったポイントは返却するんだっけ」

「ああ。極力使い切るように通達されているからな。ここでポイントの行き場を失くしてしまうくらいなら全額使ったほうがいい。1ポイントも10000ポイントも、与えられた大人たちにしてみれば同じ価値といっても過言じゃない」

むしろ多ければ多いほど、ここで使っておかなければと考えるはずだ。

更にここまで待たされた大人たちも、いまだ多くが残っている。

「順次会計に伺いますのでその場でお待ちください」

指示を出し、数人がかりで売上の回収に向かわせる。

それから大人たちを廊下に整列させ、全員が教室の中を見渡せる位置へ誘導する。

「あとは、今まで隠してきたカーテンをオープンにするだけでいい」

そうすることで第三のスペースが完成する。

一斉に開かれるカーテンと、それに驚く茶柱先生。

茶柱先生にしてみれば、ある種の公開処刑になってしまうが、こちらとしては学校にその対価を支払ってのことなので、悪いと思う必要はない。
「お、おぉ、なるほどこれは……」
ちょうど以前、茶柱先生の変わりようを噂していた先生が感動したような声を漏らす。
身近な異性、独身、そして同僚の見たこともない姿は、刺激が強烈なのだろう。
こうして午後4時になるまで、この廊下を用いた茶柱先生の公開は続けられた。
最終的に茶柱先生は63枚の撮影を希望されて、櫛田を超え1位を獲得した。

○見えざる登場人物

午後3時になったことで、私の文化祭での出番は終わりを告げる。

隠し玉が登場して盛り上がった所で、綾小路(あやのこうじ)くんに託して教室を後にした。

「それにしても――――まさか本当に茶柱先生をメイドに仕立てるなんてね」

この文化祭、事前準備の全てを綾小路くんとは打ち合わせていた。

その中でラスト1時間は茶柱先生を起用することも聞かされていたけれど、実現できるのかは半信半疑だった。

でも、それを実現して見せたばかりか絶大な効果を生み出そうとしている。

廊下を歩くたび、茶柱先生がメイド衣装になっていることが噂として駆け巡っていく瞬間がよく分かる。

ともかく、この茶柱先生の参戦は私個人にとっても好都合なイベントだわ。

大勢の注目が特別棟に集まってくれることで、必然的に他所(よそ)から人が消える。

携帯であの子にメッセージを送って、既読が付いたことをしっかりと確認してから私は生徒会室へと向かうことにした。

その理由はもう一度、議事録を確かめたいと思ったから。

もちろん生徒会の集まりがある日に八神(やがみ)くんにお願いすることも出来るけれど、それだと落ち着いて観察することが出来ない。

綾小路くんの退学をチラつかせるような人物。

天沢さんとの繋がりがありそうで、身体能力も極めて高い危険な存在。

それに、もし八神くんだとするなら私から議事録を再び見せてほしいと頼み込めば、疑っていることを悟られてしまう。

いいえ……犯人だという前提にするのなら、もうそう考えていると見た方がいい。

ともかく、悟られずに確信を持つためには誰もいない時間帯を狙う必要があった。

南雲生徒会長の都合で生徒会はしばらく閉鎖されている。

つまり議事録を盗み見る機会は制限されてしまったことになるけれど、逆に言えば余計な人払いは自然と済んでいるということ。

チャンスはこの文化祭のタイミングだと考えていた。

茶柱先生には『生徒会室に手帳を忘れた可能性が高い』と朝の時点で報告し休憩時間に鍵を職員室で得て取りに行く許可を貰っている。

私が今から生徒会室に足を踏み入れて目撃されたとしても大義名分は立つ。

手早くメイド服から制服に着替え、1人足早に職員室へと向かった。

「あと50分、か」

生徒会室の傍まで足を運んでいた私は、備え付けられた廊下の時計を見て息を吐く。

今日はとにかく、忙しい1日だった。

まだ終わってはいないけれど、私の役目は終了した。

1時間は必ず休憩しなければならない立場上、休憩が終わると同時に文化祭も終わる。

朝からメイド服を着たり、休みなく働いたりと本当に忙しなかった。

制服に着替え直し生徒会室に足を運んだ私は静かに入り口の扉に鍵を差し込んだ。

文化祭で忙しい今日は、生徒会室には誰もいない。

つまりもう一度議事録を確認して、そして携帯に写真を収めることも難しくない。

そう思ったのだけれど……。

ポケットの中で携帯が震え着信があった。その名前を見て、ドキッとする。

八神拓也。どうしてこのタイミングで彼から電話がかかってくるの……。

怖い偶然を感じながらも、私は通話に出る。

「もしもし？」

「堀北先輩」

電話越しのはずの八神くんの声が、少し遠くから直接耳に届く。

今一番会いたくない人が、私のほうを向いて笑顔で手を振っていた。

心臓に直接冷や水を浴びせられたかのように、全身が悪寒を覚える。

「驚かせてしまいましたか？」

そう言って彼は携帯電話を切りながら私の傍へと一歩ずつ歩み寄って来た。

「八神くん、どうしてここに？」

「どうして……ですか？　僕が近くから電話をかけたことは気になりませんでした？」

他のことに意識が持っていかれて、そのことを指摘するのを忘れていた。

まるで八神くんは、こちらのそんな動揺や慌てぶりを探っているようだった。

「ところで、先輩はどうしてこんな人気のない場所に？　文化祭も佳境に入って、最後の追い込み時ではないですか？」

「休憩に入ったから、文化祭での役目は終わったのよ。それで少しだけ1人になりたくて」

「午後3時から休憩ですか。珍しいパターンを選択されたんですね」

珍しい、のだろうか。

そもそもこのような形の文化祭を経験したことがないため、判断基準はない。

けれど参加者全員が必ず1時間は休まなければならないルールである以上、私のように午後3時からの休憩を選択する生徒も一定の割合で必ず存在するはず。

すぐに思考回路が答えを導き出せず、数秒間私は沈黙してしまった。

そして気づく。

八神くんの発した『珍しいパターン』という言葉に事実も嘘もないと。

何の他意もなく午後3時を休憩に選んだのか、あるいは意図をもって休憩時間に選んだのかを探ろうとした発言に過ぎないと。

事実、私は動揺を誘われすぐに返すことができなかった。

この次にどう答えようとも、既に術中にハマってしまったのかも知れない。

いいえ、まだよ。

ここは返答が遅れてしまった以上スルーの選択肢もある。

珍しいパターンという違和感のある言葉は、１度聞き流してしまうしかない。

「どうして八神くんがここに？」

「険しい顔をした堀北先輩を見つけたので、気になって後をつけてきたんです」

「いつから？　理由はどうあれ、女子の後をつけるのは感心しないわ」

「ちゃんと声をかけたつもりだったのですが、喧騒の中で聞こえなかったようですね」

ここに向かう途中、私は確かに考え事をしていた。でも、だからと言って声をかけられて気が付かないだろうか。先ほどと同じような揺さぶりをかけているような気がしてならないけど、これら一連の流れに本当は意味などないのかも知れない。

それにここに来るまでの間に幾らでも声をかけることは出来たはず。

あるいは後を追ってきたのではなく、最初からこの付近にいた……？

全ては八神くんが私の追っていた達筆な字を書く人物と仮定しての話。

無関係であるなら、後で平謝りしなければならないほどの疑いようと言えそうね。

「あなたは文化祭の方は抜け出していいの？」

「僕も同じです。やるべきこと、役目は終わったので。休憩時間ではありませんが自由時間を頂きました。１時間以上休憩してはならないルールはありませんから」

やっぱり単なる偶然？　いいえ、そんな考えは持たない方がいい。

後で偶然だと分かるなら、それで問題は生じない。

でも偶然でなかったなら今困ることになる。

「生徒会室に何か用事ですか？　施錠されていて誰もいないと思いますよ」

先回りするかのように八神（やがみ）くんが生徒会室の扉を見て答える。

「ちょっと探し物があるの。鍵は職員室から借りてきたから問題ないわ」

「探し物ですか。それなら僕も探すお手伝いをします」

心の中で冷静さと焦りがせめぎ合い、競い始める。

彼の発言が善意からなのか、悪意を持っているのか、明確な判断が付かない。

「あなたに手を借りるほどのものじゃないわ」

「わざわざ文化祭の真っ最中に探し物をするくらいです、大切なものなんですよね？」

こちらの思考を丸裸にして、見透かしたような発言にも聞こえる。

「手帳よ。少し前に買ったものなのだけれど見つからなくて困っているの。他人に拾われて読まれるかも知れないと考えると、精神衛生上良くなくて。諦めかけていたのだけれどやっぱり気になるし、探してないのはもう生徒会室くらいなのよ」

これ以上ここで時間をかけていても仕方がない。

ここは先生たちにも伝えた嘘（うそ）をそのまま八神くんに話す。

「では僕も捜索を手伝います。文化祭が終わればまた慌ただしくなりますから。1人よりも2人で探す方が単純に倍の効率になりますよね」

「そう、そうね」

ゆっくりと解錠して、その扉を開く。傍にぴったりと立つ八神くんを置いて一歩先に生徒会室へと足を踏み入れようとして、私は動きを止める。

「堀北先輩？」

「生徒会室の忘れ物を探すのに２人も必要かしら。何か他に狙いがあるの？」

「え――――？」

この状況下で、私はあえて反撃に出ることにした。

「私があなたの助けを拒もうとしたのは、正直少し怖いと感じたからよ」

「僕が怖い……どうしてです？」

「分からない？」

「思い当たることはありません」

「人気のない生徒会室。声をかけたというけれど私は気が付かなかった。まるで後をつけられたかのような状況で２人きりになる。女子にとってそれがどういうことか分かる？」

ここは堀北鈴音という個人ではなく、社会的性差の観点から彼に仕掛けて出る。

彼の地頭が良い悪いに関係なく絶対的な方法で追い払う。

「な、なるほど。すみません全く考えもしなかったことで……なるほど……」

こうなると迂闊に生徒会室には入れない上に、廊下で待つという手も打てなくなる。

そんなことをすれば気味が悪いと思われるのが当然だもの。

「すみませんでした。確かに僕の行動は間違っていたと思います」

深々と頭を下げた八神(やがみ)くん。

「ですが失礼を承知で一言だけよろしいでしょうか」

「何かしら」

頭を下げたまま上げない彼は、この期に及んで何を語るつもりなのか。

「堀北(ほりきた)先輩が生徒会室に足を運んだ本当の目的は————」

と、八神くんが顔を上げた直後————。

彼は目の前で突如体勢を崩し、上半身を折る。

いや、折られた。

「捕まえた！」

そんな声と共に姿を見せたのは、和装姿の伊吹(いぶき)さんだった。

「ちょ、ちょっと伊吹さん!?」

「ボケッとしてないで早く中に入れなさいよ堀北！　見られたら大変なんだから！」

確かに明らかな暴力行為にしか見えないため、見つかれば大問題だ。

私が生徒会室の扉を開くと伊吹さんは強引に八神くんを押して入り込んでくる。

「な、何をするんですか……？」

最初に声を出したのは、もちろん被害にあった八神くんだ。

背後から現れた伊吹さんが、八神くんを拘束したという状況に混乱している。

「また私の活躍に助けられたわね堀北」

「……助けられたって、私は何もされて……」

「コイツには細心の注意を払えってあんたが言ったんでしょ。で、あんたはコイツに詰め寄られてた。そりゃ何かあるって思うのが普通でしょ」

言わなくていいことまでベラベラと一気に口にする。

彼女の単細胞な行動によって、私の今までの会話はすべて無駄になってしまった。

当人の前で警戒していたことを告げるなんて、ナンセンスにも程がある。

「あの、僕に注意を払えって何ですか？」

身動きを取れない八神くんは、自然な形で質問を投げかける。

こうなった以上全てをぶつけるしかない。

「……乱暴な形になったことは謝るわ。でも、私はあなたのことで気になっていることがあるの。この間、議事録を見せてもらったことは覚えているかしら」

「南雲生徒会長の発言に関してでした、よね」

「ええ。その時に見たあなたの書いた文字をもう一度確かめたかったの」

「文字？　よく分かりませんが、本当の探し物というのは議事録のノート、ですか」

困惑した様子で八神くんが続ける。

「僕の書いた字を確かめたかったとのことですが、その真意は何です？」

伊吹さんが登場する前に言いかけたことは気になるけれど、私は説明を続ける。無人島特別試験の時に1枚の紙が私のテントに差し込まれた。その紙の差出人が誰かを知りたいと動いていたこと。八神くんは拘束されたまま黙って聞き入る。

「僕の議事録の字とその紙に書かれた字が似ていたから、ということですか？」

「ええ、その通りよ」

「その話が本当であれば、確かに僕を警戒する気持ちも理解できます。そして密(ひそ)かに確認するためには、このようなタイミングを狙うのが一番だったかも知れませんね」

文化祭の準備期間が故に土日も人の出入りが激しく、出店場所を巡って校内のあちこちを生徒が歩いていたから、そこで回収という選択も取れなかった。

「ですが僕はその差出人ではありません」

きっぱりと否定してくる八神くん。それを信じたい気持ちはあるけれど……。

素直に認めてあげることができないでいると、彼は少しだけ語気を強める。

「疑うからには、何か根拠となる理由があるのですか？」

「残念ながら根拠はないわ。ただ、素直に認めようとは思ってあげられない」

「良ければ1度、その紙を見せてもらえないでしょうか？　それから議事録と僕の字と見比べてもらうことも出来るかと思いますし、無実を証明できるはずです」

「残念ながらそれは不可能よ。ちょっとトラブルでその紙は失(な)くしてしまったの」

島の中で対峙(たいじ)した天沢(あまさわ)さんに細かく破り捨てられてしまった。

「困りましたね。それだと僕は無実を証明できないということでは？」

「だからまずは議事録を再確認したいの」

「再確認したとして、記憶との整合性は確かではありませんよね？　むしろ堀北先輩は今僕を強く疑っている。となると記憶の書き換えによって犯人にされてしまう可能性はけして低くありません。明らかに僕に不利な状況です」

「……そうかも知れないわね」

八神くんであってほしいわけではないけれど、犯人を見つけたい感情はとても強い。

彼がこの先に起こる展開を懸念する気持ちもよく理解できる。

「僕が疑われるのは心外ではありますが、ともかくまずは手を放してもらえませんか？　どちらにせよこのままというのは、お二人にも歓迎するべきことではないかと。この後南雲生徒会長にこんな場面を見られたらどう言い訳するつもりですか？」

1年生の男子を意味もなく拘束している。

確かにこの状況は私たちにとって不都合の塊でしかない。

暴行を受けた等でもあれば話は別だけれど、彼は何もしていない。

「伊吹さん、手を放してあげて」

私は伊吹さんに彼の言葉に沿う指示を出した。

でも八神くんを押さえつける伊吹さんの表情は険しく、そして一切の緩みがない。

「悪いけどそうはいかない」

「どうしてですか？」

「あんたみたいな人畜無害そうな奴ほど危険だって、私の勘は言ってるから」

それは以前、綾小路くんで彼女が学習したこと。

でも、単に見た目だけの問題じゃないことは彼女の態度を見て明らかだった。

「何か他に根拠があるの？」

「パッと見ヒョロそうな癖に、ヤバい感覚がビンビン飛んできてる。あんたただのガリ勉じゃないでしょ」

直接触れている伊吹さんだからこそ分かった、視覚以外の情報かしら。

私たちの探している相手は、相当な手練れである可能性が高いという部分。

それが本当に八神くんに当てはまるのなら、容疑者として色濃くなるのも仕方がない。

「私に寄越したメッセージは八神くんの字体に非常に似ている。それに付け加えて、隠された身体能力の高さ。そしてこの場に現れたこと」

「確かに体を鍛えるのは嫌いじゃないので、ある程度自信はありますが……」

呆れてため息をつきつつ、八神くんは僅かに視線をあげて私を見た。

「流石に僕も少しだけ怒りますよ？　この状況はあまりに一方的過ぎます」

仮に八神くんが伊吹さんの読み通り、ある程度高い身体能力を有していたとしても不思議はない。元々彼のOAAの成績はCで平均的。走る速さやスポーツの能力は低くても武道だけ心得がある、そんなケースも考えられる。

白なのか黒なのか。

そのジャッジが迫られる中、沈黙は思わぬ形で破られることになる。

誰も来るはずのない生徒会室の扉が、前触れもなく開いたからだ。

「おっと——これは随分と変わった状況だな」

姿を見せたのは南雲生徒会長。八神くんだけは態度を変えなかったけれど、私と伊吹さんは後ろめたい行動をしていたためひどく驚いた。

「生徒会長、どうしてここに……？」

「そんなことよりこれはどういうことだ？」

これは、というのは主に伊吹さんが八神くんを拘束していることだ。

「2人がかりで後輩を虐めてたんだとしたら、大問題だぜ」

流石に伊吹さんも拘束を続けるわけにはいかず、両手を離して八神くんを解放する。

「助かりました。南雲生徒会長」

落ち着いた様子で、拘束されていた体を労わる八神くん。

生徒会長が来ることを読んでいたかのような八神くんの落ち着いた態度は何？

「それじゃ、無断でここにいる理由を説明してもらおうか」

手帳を失くして、そう答えると八神くんに嘘を指摘されるかも知れない。

かといって議事録の話を持ち出せば、南雲生徒会長にまで話が広まってしまう。

「堀北先輩が手帳を失くされたらしく僕も探すのを手伝おうと思っていたんです。伊吹先輩は僕が堀北先輩を襲っていると勘違いしたようで、正義感から先ほどのような行動に」

私を追い詰めるようなことはせず、嘘を擁護するため彼はそう答えた。

「なるほど、それが拘束の理由か」

「誤解も解けたと思いますし、特に問題にするつもりはありません」

「ならこれ以上の言及は不要だな。それで、その手帳は見つかったのか？」

彼が口裏を合わせてくれるのなら、私もありがたくその流れに乗らせてもらう。

「いえ、見つかりませんでした。ここが最後の頼みだったのですが……。もしかしたらゴミと間違えて捨ててしまったのかも知れません。諦めることにします」

自ら確認してきたものの、手帳の行方なんてどうでもいいのでしょうね。興味なさそうに生徒会長は視線を逸らしてから、そのままいつもの席へと腰を下ろす。

「どんな理由にしても文化祭の最中にやることじゃないな。すぐ解散しろ」

ここで粘っても議事録はもう見られない。今は大人しく引き下がるしかないわね。

そう思って伊吹さんと共に退室しようと思ったのだけれど……。

「それにしても南雲生徒会長、どうしてここに僕らがいると分かったんですか？」

私と伊吹さんの傍で、八神くんがそんな疑問を投げかけた。

「気になるのか？」

「生徒会室への扉は施錠されていると考えられていたはず。しかし、生徒会長は迷わず入室してきたので少し気になったんです」

確かに不自然だった。生徒会長がスペアのカギを持っているかどうかは分からないけれど、1度は鍵を差し込んで開錠することを試みるはず。

なのに、何の疑問もなく自然に入室してきたことを不審に思うのも無理はない。

まるで最初からこの中に誰かがいることを知っていたような……。

南雲生徒会長と八神くんはここで落ち合うつもりだった？

それなら八神くんが、生徒会長が来ると予言した言葉にも納得がいく。

でも――2人のやり取りは示し合わせたようなものからは遠く離れている。

「答えてやってもいいが、その前に俺も八神には聞きたいことがあったな」

「僕にですか？」

「この前、生徒会室で話した件は覚えてるな？　俺が大金を使って一部の生徒を退学させようとしている噂があるって話だ」

「もちろんです。僕の方でも色々探っていますが噂の出どころは掴み切れていません」

突然蒸し返された話に、私はついていくことが出来ない。

「本当は分かってるんじゃないのか？　噂の出所がどこか」

「……と言いますと？」

「あの噂を流したのはおまえなんじゃないのかってことだよ」

南雲生徒会長は苛立って軽く机の下側を蹴る。

「待ってください。急に一体なんですか。どうして僕がそのようなことを」

私たちに疑われたかと思えば、今度は南雲生徒会長から疑われる。

それも全く無関係な内容で。

「どうしてもクソもないだろ。賞金を賭けて特定の生徒を退学させる1年生の間でやった特別試験。おまえも参加していた数少ない1人だからな」

ここで八神くんの表情が僅(わず)かに曇る。南雲生徒会長のように苛立ちを含んで。

「南雲生徒会長、どういうことですか、一体何の話をしているんですか」

「生徒会の会議の場じゃ否定したが、一応は事実だったってことさ」

「じゃあ、本当にそんなことを……?」

「だが別にルール破りをしたわけじゃないぜ？　あくまでも学校の方針だ。月城(つきしろ)理事長と共に俺は生徒会長として公平性を保つため同席をしていた。そうだよな？　八神」

この学校では容赦のない特別試験が行われてきたけれど、まさかそんなことまで。

「あの特別試験のことや、その参加者に関しては口外しない決まりだったのでは？」

「そのルールを先に破ったのはおまえだろ」

「僕ではありませんよ。南雲生徒会長を困らせるメリットがありません。それに他にも数名、同じ説明を受けた1年生がいたじゃないですか」

「まぁな。だが、ここに姿を見せただろ。勘ぐりたくもなるってことだ」

「それは単なる偶然です」

南雲生徒会長は八神くんと向き合っていたけれど、私たちに視線の先を変えた。

「おまえらはもう戻れ。ここからは八神と話す」

「その件のことは存じませんでしたが発言を許可してください」

「堀北先輩。何を話すおつもりですか」

目で制してくる。さっき庇いましたよね、そんな圧を無視させてもらう。

「言ってみろ」

「その特別試験の噂を流したのが彼なのかは分かりません。ですが、この場に現れたことが偶然とは思えないんです。八神くんは私の後をつけていた。あるいは最初からこの生徒会室の周辺で見張っていたと今は強く感じている」

「鈴音はこう言ってるぜ？」

双方に挟まれ表情を硬くした八神くんだけれど、その後呆れたように息を吐く。

「……なるほど、よく分かりました。最初からお二人は組んでいたんですね。あのラブレターに見せかけた手紙を僕に渡したときから、ここで僕を無理やり追い込むことを決めていたんですよね？」

「ラブレターに見せかけた……手紙？」

「これのことか？」

南雲生徒会長がポケットから取り出したのは、私が市橋さんから預かったラブレター。

いえ、でもラブレターに見せかけた手紙ってどういうこと？

「分からないな。差出人不明の、俺への想いが書かれた単なるラブレターだ」

「違います。その手紙は一見すると確かにラブレターですが『文化祭午後3時生徒会室』と書かれています。その他にも『重要』『退学』『秘密』などのワードが随所に見受けられました。違いますか？」

既に封の開けられている手紙を開き、南雲生徒会長が目を通す。

「どこにそんなことが書かれてある。俺にはさっぱり分からないな」

そういうと南雲生徒会長は私にラブレター……手紙を渡す動作をする。

「失礼します」

手紙を借りて中身に目を通す。けれど、八神くんの言う文字はどこにも見当たらない。

伊吹さんも気になって覗き込むも、私たちと同じ反応だ。

名前を告げず告白することを許してほしい、ずっと好きだった。そんな内容。

「猿芝居は止めてください。アナグラムを解析すれば真実が見えてきますよね」

「アナグラムって……何？」

言葉の意味そのものを理解していない伊吹さんは別として、この手紙がアナグラムを含んで書かれているというの？　文字を並び替え別の意味に変えるアナグラム。言葉遊び。

何度か繰り返し模索してみても、すぐに答えなんて出てこない。

時間をかければ見つけられるのかも知れないけれど、一瞬では不可能よ。

「随分と頭がいいんだな八神。どうやら俺も鈴音もすぐにアナグラムの解析は出来ないみたいだぜ？」

疑念を深める私たちと同様に八神くんも私たちを強く警戒している。

「お二方のどちらかが書いたものでは？　それとも共通した知り合いの誰かですか？」

「共通した知り合い？　一体誰のことだ」

「……いえ、それは分かりませんが。ただ僕がそのアナグラムを辿りこの場所に来たことは信じてください」

もしそうだとすれば、いえ、そうでなくてもおかしなことを彼は言っている。

「アナグラムかどうかはこの際どうでもいい。なんでおまえがこのラブレターの中身を事前に知ってる。俺に手渡す前に読んだってことだよな？」

そう。それ以外に知る方法は存在しない。

「それは、偶然からなんです。手紙を落としてしまった際にシールが剥がれ中身が出てしまったんです。見てはいけないと思ったのですが、つい目を通してしまいました」

「生徒会のメンバーとしちゃ、モラルに欠ける行動だな」

盗み見てしまいたくなる気持ちは分からなくもないけれど、普通は自制する。

ましてや自分に関係のない第三者同士のやり取りの手紙。リスクを負ってまで中身をチェックしようとするだろうか。確かに差出人が分からないことに好奇心はくすぐられるけれど、だからと言って中身を確認しようとまで思うかは別問題だわ。

「普段から悪だくみをしているからこそ、中をチェックしたんだろ？　自分が何らかの罠にハメられてるんじゃないかと勘繰ったのさ」

「違うと言ってもらえる空気ではなさそうですね」

私はこの一連の話し合いに妙な気持ち悪さを感じていた。私に見えている世界と、八神くんに見えている世界と、南雲生徒会長に見えている世界。

三者三様に少しだけ違っているような気がしてならなかったから。

噛み合っているようで噛み合っていない。奥歯に何かが挟まっているような不快感。

八神くんが手紙を無断で読んだことは悪いことだ。

けれど南雲生徒会長の悪い噂を流したことも、議事録の件も曖昧なまま。

この生徒会室の前に現れたことも、それが意図的か偶然かを明確には判断できない。

ここでこれ以上八神くんを責め立てたところで先はない……。

八神くんは私と南雲生徒会長を交互に見て、小さく笑った。

「そろそろ答え合わせをしませんか。本当は皆さん、もう分かっているんですよね？」

状況を頭の中で整理したのか、沈黙した後八神くんが話し出す。

「堀北先輩、あなたは議事録を見せられて無人島試験での紙を連想し、僕が犯人だと考えた。そして南雲生徒会長にラブレターに見せかけた手紙を渡し密かにメッセージを送ったんです」

何故か、彼はここまで触れなかった議事録や紙のことに自ら触れだす。

「なんでそんな面倒な手順を踏む必要がある。電話かチャットで済むだろ」

「僕を疑っている証拠を残さないためじゃないんですか？　このラブレターに見せかけた

手紙なら、幾らでも言い逃れは出来ますからね。そして、この日議事録を一緒に確認する気だった。僕が堀北先輩の探している人物かどうかを確定するために」

「無人島？　議事録？　鈴音が探してる人物？　何の話だ」

「まだ芝居を続けるつもりですか南雲生徒会長。あなたも、そして堀北先輩もある人物の指示を受けて行動していることはもう分かっています。全てはこの手紙のアナグラムを作った綾小路先輩の指示なんですよね？　人が悪いなぁ。堀北先輩に議事録を見せるまでもなく、もう辿り着いていたんじゃないですか」

「……どうして綾小路くんの名前がここで出てくるの？」

「随分と彼も回りくどいことをしますね。表沙汰にすることを嫌っていると思っていましたが、こんな形で接触してくるとは思いませんでしたよ」

愉快そうに笑う。今までとは、明らかに八神くんの態度が変わってきている。

「それでこの後はどうなるんです？　いよいよ綾小路先輩と対面ですか？」

八神くんはおもちゃのプレゼント箱を前にした子供のように出入り口を見た。

「焦らしますね。彼が到着するまでの間、僕のことをどう聞かされているのか教えてもらえませんか。特にあなたの口から聞きたいですね、堀北先輩」

「待って。本当に何のことだか分からないの。あなたが私のテントに来て手紙を入れたことを疑ってはいたけれど、そのことは伊吹さんにしか相談していない」

真実を話しても、八神くんは信じる様子を見せない。

「俺にも分かるように説明してくれ八神」

「ふう。流石に飽きてきましたよ南雲生徒会長。あなたは手紙を通じ堀北先輩と共に綾小路先輩とここで落ち合うつもりだった。そして僕と話をするつもりだった。彼も1人で会うのは危ないと思ったんでしょうね。うん、賢明な判断だ」

「1人で熱くなってるところ悪いが八神、俺が生徒会室に来た理由を教えてやるよ」

南雲生徒会長が携帯を取り出して画面をこちらに向ける。

誰かから着信がかかってきているのか電話番号が表示されていた。

「着いたようだな。入れよ」

電話の相手の向こうにそう伝える。

「あっはっは！　やっぱり綾小路先輩がきていたんですね！　嬉しいなあ！」

高らかに笑う八神くんが、ゆっくりと開かれる扉へと歓迎するように両手を広げた。

「邪魔するぜ」

そんな言葉と共に、中に入ってきたのは予想の斜め上を行く人物。

一番最初に反応したのは私や南雲生徒会長、八神くんでもなく伊吹さんだった。

「は？　龍園？　あんたが何でここに？」

現れたのは龍園くんだけじゃなかった。彼のクラスメイトも2人いる。

「お、結構その格好似合ってるじゃん伊吹。なあ木下？」

「ホントだ。チンチクリンで可愛いかも」

「は？　ちょ、小宮？　それに木下まで……!?」

そして極めつけに、坂上先生と真嶋先生も後から姿を見せて生徒会室に。

「……なんですか。これ」

一番唖然としたのは、理解できないことを口走っていた八神くんだ。

「生徒会室に来たのは龍園たちと話をするためだ。そうだよな？」

「ああ、そのつもりだったんだが取り込み中だったか？」

彼らを見る八神くんも、今の流れが理解できていないのか険しい顔をしている。

南雲生徒会長は立ち上がると、八神くんの胸元に手紙を無理やり押し付けた。

「ラブレターに見せかけたアナグラムだの、議事録だの、意味不明なんだよ八神」

「……そんなはずありません。ですが、これはどういう……」

戸惑いを隠せない八神くんのもとに龍園くんが近づく。そして指をさしてこう言った。

「おまえらが言ってたのはコイツで合ってるな？」

後ろで控えめに立つ小宮くんたちに龍園くんはそう言って何かを確認している。

2人とも緊張した顔つきで強く頷く。

「はい。間違いないです」

「うん。間違いない」

それを聞いた龍園くんは、いつものように薄ら笑いを浮かべながら更に八神くんに近づく。腕を伸ばせば届くほどの至近距離。

「テメェとはじっくり話をしなきゃいけねえよな」

「何を、ですか」

龍園くんは笑って右腕を伸ばすと、八神くんの前髪を突然掴み上げた。

「龍園！」

暴力行為に当たる行動に真嶋先生が叱るも、彼は気に留めた様子を見せない。

「おまえ、名前はなんだっけか」

「……八神、八神拓也です龍園先輩」

髪を引っ張り上げられ、苦悶の顔へと変わる八神くん。

「そうか八神か。テメェが小宮と木下を可愛がってくれた犯人なんだってな」

「は……？　意味が、分からないのですが」

「とぼけんなよ。小宮と木下がつい先日思い出したんだよ。無人島試験で大怪我をしたのは、全部おまえが暴力を振るってきたからだったってな」

無人島での大怪我。骨折する重傷を負ったことは知っているけれど、あれは確か不注意による事故だったはず……。

「そんな、僕が？　何なんですか一体！」

「怪我のショックで記憶を失ってたこいつらは事故ってことで1度は片付けられたが、思い出したのさ。おまえが犯人だったたってことをな」

その発言に呼応するように南雲生徒会長も認める。

「つい昨日のことだ。今日は俺と龍園、そして小宮と木下の４人だけで話し合いをするつもりだったんだが……先生方はどうしてここに？」

「手間を省くために俺が呼んだのさ。坂上は２人が怪我をした時に駆け付けたらしいな」

「八神くんと言えば……確か真嶋先生」

坂上先生は何かを思い出したかのように、真嶋先生に確認を取る。

「ええ、生徒を疑う真似はしたくありませんが……可能性は否定しきれませんね」

「な、何を言っているんですか。僕は何もしていませんよ！」

慌てふためくのも無理はない。私だって頭の整理が追い付いていないもの。

「八神。あの日、２人のアラートが鳴った際におまえの腕時計のＧＰＳが機能していなかったことは分かっている。特別試験中に腕時計が壊れた生徒は複数いるが、最後に消息を絶った地点から小宮たちに接触できたのはおまえを含め２名だけだ。もちろん、当時小宮も木下も、そして篠原も誰かに怪我をさせられたと言っただけで名前を口にはできなかった。そのため事故として処理する他なかったが――」

「記憶になかったはずなのに同時に思い出して僕の名前を言った？　あり得ません！　この２人が口裏を合わせて僕の名前を出したに決まっています！」

「口裏を合わせる？　おまえの腕時計が壊れていたことは一般の生徒は知らない事実だ」

４００人以上が無人島で試験を受けていた。彼らが怪我をしたタイミングでＧＰＳが壊れた腕時計を身に着けていたのは２人。確かに偶然と呼ぶには確率が低すぎる。

「犯人を見たことを思い出した。それを疑う根拠はなんだ八神。言ってみろよ」

指先に更に力をこめて、龍園くんは八神くんの髪を引っ張る。

「ぐっ……！　そ、それは――」

「誰にも見られたはずがない、完璧に上手くやったはずだ。そう思ってるからだろ？」

「ま、待ってください。僕は何もしてません。僕にそんな物騒なことが出来るとでも？」

けして体格が大きいというわけでない八神くん。傍目に見ればおかしいと感じるだろう。

しかし龍園くんは、一切八神くんの言葉を信用しようとはしない。

「無害そうに見えるヤツが一番厄介だってことは過去から学習済みだ。そうだろ伊吹」

「間違いなくコイツは強い。小宮たちに気づかれず大怪我させるくらいは出来る」

「本来なら敵討ちのために同等以上の怪我を負ってもらうところなんだが、生憎とセンコーの前だ。勘弁してやるよ。おまえに待ってるのは退学以外の何ものでもないだろうからな」

事実を確認し、八神くんが小宮くんたちに大怪我をさせたことが立証されたなら、それは停学処分どころではない。情状酌量の余地なく退学は避けられない。

龍園くんが掴んでいた髪から手を離すと、八神くんは顔を傾け俯く。

「それで？　おまえは何でここにいるんだ鈴音」

「私は……私も八神くんのことで調べ物があったの」

「あ？　なんだそれ」

もうここまで来たら全てを話すしかない。

無人島で起こった出来事、綺麗な字を書く生徒を探していたこと。八神くんの字と類似していて議事録を確かめるためにここへ来たこと。

私は議事録のノートを引っ張りだし、八神くんの記載したページを開く。

「その文字と八神くんの筆跡はほぼ同じ。記憶の中とも合致します」

「どういうことか説明してもらおうか八神」

南雲生徒会長も全ての事態を把握していない中だが、そう問いかける。

この場の中で、不可思議なことが起こっていることだけは確か。全員が八神くんに関係する登場人物でありながら、決定的な核となるものを持っていない。

一番重要な鍵となり得るような人物が存在していない。

そんなことが——起こり得るのだろうか。

あの一通のラブレターから全てが始まっていたとしたら……。

そして私が八神くんに託し、八神くんが中身を見ることも計算に入れていた？

アナグラムを解析し、ここに吸い寄せられるように立ち入ってしまった……。

でも私が八神くんの議事録を見たことで疑問が生まれたことは知らなかったはず。

——いえ、それは関係ないのかしら。

私は部外者。伊吹さんもそれに伴う部外者。

もし私と伊吹さんがこの場にいなくても、この一連の流れは止まらない。手紙に誘われ

生徒会室に来た八神（やがみ）くんは、南雲（なぐも）生徒会長に問い詰められる流れにはなっていたはず。

だけどそんなことは可能なの？

仮にできたとして、誰が？

いつ、どこで？

いいえこんな自問自体が間違っているのかも知れない。

この出来事の裏で綾小路（あやのこうじ）くんが動いていたとしても……全く不思議はない。

この場に不自然に現れた龍園（りゅうえん）くんや小宮（こみや）くんたち。そして先生たち。

言い逃れする八神くんを、四方八方から囲うための場だったということ。

「クク、俺も驚いてるが仕方ねぇよなあ。火遊びが過ぎたんだよ」

私と同じような感覚を持ったのか、龍園くんが笑いだす。

「何故（なぜ）――何故だ。こんな、バカなことが……」

「どんな背景があるのかはしらねぇが、テメェは搦（から）め捕られたのさ」

「僕は、僕はまだ彼と戦っても……いや、それ以前の状態なのに？　こんなところで、終わる？　終わるなんて、そんなバカな……！」

全身を震わせた八神くんは、これまでにない声で叫ぶ。

「直接相手にするまでもない……ということか？　は、はは……は……はっ……！　ふざけるな、ふざけるなあ！」

「うるせえな。近くでピーピー喚（わめ）くんじゃねえよ」

小指を右耳に突っこみ、龍園くんが鬱陶しそうに呟く。

そんなことなど聞こえていないのか八神くんの興奮は収まらない。

「いいさ。今から、今からアイツを、アイツをこの手でぶっ殺せばいいんだろ！　そうすれば僕はあるべき場所に帰れるはずなんだ！　道連れにしてやる!!」

この場に教員2名がいる、そんなことなど全く関係ないように。

明らかな豹変を見せ、彼が殺気立つ。龍園くんに向かい強気な一歩を踏み出そうとしたところで、背後から伊吹さんが八神くんへと飛び蹴りを放つ。

振り返りもせず、八神くんはそれを捌くとすぐに肘を彼女の腹部へと叩き込んだ。

「ぐっ――――！」

たった1発。だけど伊吹さんはその場に崩れ落ち、立ち上がることが出来ない。

「止めろ八神！」

先生たちが八神くんを止めようと駆けだしたとき、それを龍園くんが止める。

「引っ込んでな。コイツはやる気なんだよ。だったら受けてやらねえとなぁ？」

ここが生徒会室であることもお構いなしに龍園くんが拳を鳴らす。

「おまえ如きに止められるはずがないだろ。いいか？　今から僕の目の前に立ちふさがるヤツは誰であろうと容赦しない。女も教師も関係ない。小宮たちのように痛い目を見たくないなら黙って下がれ」

「クク。それがおまえの本性ってわけか。面白いじゃねえか」

迷わず龍園くんは、一歩前に出て挑発するように軽く両腕を広げた。

「喜んで立ちふさがってやるからかかってこいよ」

「たかが不良上がりが……」

小柄な彼から漂ってくる気配は、綾小路くんや天沢さんと同じように『普通の生徒』のものじゃない。龍園くんはやる気だけれど、止められるとは到底思えない。

けれど、ここで何とかして食い止めなければならない。

先生たちがいてもお構いなしに、全てを壊す衝動に駆られている。

ここで行かせてしまえば、彼の暴走を止められる保証はどこにもない。

そして彼の向かう先は――綾小路くんだ。

文化祭の最中にこの場のようなことが起これば、注意では済まないわ。

「止めるんだ八神。それに龍園も。ここで喧嘩騒動を起こせば重大なペナルティだ」

「僕の退学は100％避けられない。となれば、止める理由はないだろう？　真嶋」

先生とすら付けず呼び捨てし、吐いて捨てる八神くん。

それでも真嶋先生は教師として八神くんと龍園くんの間に入った。

「失せろ」

体格で圧倒的な差がある、そんなことをものともせず彼は真嶋先生に蹴りを入れると、膝が折れたところで顔面へと拳を叩きこむ。

坂上先生はそれを近くで目撃し、怯えるように距離を取った。完全な喧嘩の始まりに興奮した龍園くんが、まさに八神くんへ飛びかかろうとしたその時――。

「もう止めよう、拓也」

生徒会室の扉が開かれ、瞳を赤く腫らした天沢さんが姿を見せた。

「あ？　なんでおまえがここに……いつからいた……」

誰の言葉も届きそうになかった状況で八神くんが動きを止める。

「これ以上暴れたって、それでどうなるっていうの？　それで認めてもらえると思ってるの？　受け入れてもらえると思ってるの？　もう……終わったんだよ」

「そんなことはない！　先生たちが待ってるんだ！　僕は、僕は一番になるんだ！」

先生、とは誰のことなのだろう。

少なくともこの学校の教師たちでないことは推測できる。

「今日はあいつの過去を暴露して面白く文化祭を締めてやろうと思ってただけなのに、無茶苦茶なことしてきやがって……」

「拓也、やっぱりそのつもりだったんだね……」

「どけ。綾小路を後悔させてやるよ。笑えないほど面白くしてやる……！」

「どうしても綾小路先輩の所に行くっていうなら、その前にあたしが止める」

「おまえが？　僕に1度だって勝ったことはないじゃないか。笑わせるなよ」

「力では勝てないかもね。でも……やるだけやってみる」

「おまえが綾小路に傾倒してるのは知ってたが、そこまでバカだったとはな」

「思い知っただけ。井の中の蛙大海を知らず。その一節の通りだったんだってね」

「だったらもう死ねよ。おまえが生きてる意味なんてないから」

天沢さんが覚悟を決めた時、廊下の向こうから複数の足音が聞こえて来た。

大人たちが5人、無表情で生徒会室へと踏み込んでくる。全員が全員分かるわけではないけれど、5人のうち2人はメイド喫茶にも姿を見せていた来賓だった。

先ほどまで手の付けられなかった八神くんが、突如として震えだす。

「な、なんであなたたちがここに……？　な、なんで……」

「生徒会室にまで迎えに来るように電話を受けた。予定とは少し違ったがな」

僅か少し前まで殺気立っていた八神くんは、気が付けば子供のようにしぼんでいる。

親に見つかり、咎められることを恐れているだけのようにしか見えなかった。

大人たちに囲まれた八神くんは、抵抗することなく連れて行かれる。

天沢さんも彼に付き添うように歩き出す。

「あなた方は……」

痛みを堪えながら立ち上がった真嶋先生が確認を取る。

「八神、天沢の関係者です。この場は我々が収めますのでどうぞ治療されてください。それからここでのことは先生方、そして生徒も他言無用でお願いします。全て坂柳理事長には話を通させていただきますのでご安心を」

「……分かりました」

坂上先生に助けられ、真嶋先生が生徒会室を去る。あれだけ騒がしかった室内が、突然静寂に包まれる。

「興醒めだな。ここから面白くなるってところだったのによ。立て伊吹、引き上げるぞ」

「ったく……手くらい貸しなさいよ」

まだ立てない伊吹さんに、龍園くんは小宮くんへ顎で指示を出し、手を貸すと退室した。

生徒会室には私と南雲生徒会長だけが残される。

「ここまでだな。色々とぶっ飛んだことになったが、一応一件落着ってわけだ」

「どこまで知っていたんですか今日の件。綾小路くんが絡んでいるんですよね？」

「何のことだ？　さっきも言ったが龍園と話をするつもりでここに来ただけだぜ」

「だったらその手紙を持ってくる必要はなかったはずです」

ラブレターは虚しく床でくしゃくしゃになったまま。

「八神の言葉を借りるなら偶然ってヤツだ。たまたまポケットに入ったままだったのさ」

分かりやすい嘘。これ以上話すことはない、そんな生徒会長からの通達。

「騒がしかった文化祭も終わりだ。おまえも戻れ」

「……はい」

まもなく午後4時。思いがけないハプニングを起こした文化祭が、終了する。

○裏で暗躍する者たち

午後4時を迎え、慌ただしかった文化祭もついに終了。事前の説明通り会計アプリは強制的にシャットアウトされ、以降売上を計上することが出来なくなる。

結果は2時間後の午後6時から携帯を通じて確認することが可能らしい。

終わったとは言っても、最後まで当たり前の対応が求められることに変わりはない。

閉店のため、最後まで残ってくれていた客たちも席を立ち始めた。

来賓(らいひん)たちはメイド喫茶への感想を思い思いに生徒たちに伝え帰っていく。

その誰もが面白かった、楽しかったなど肯定的な意見ばかりだ。苦労した生徒たちにはその温かい言葉が深くまで染み渡り、疲れも吹き飛ぶようだろう。

ちなみに茶柱(ちゃばしら)先生は4時になった途端、脱兎(だっと)の如(ごと)く教室から逃げていった。

あの格好で走り回るとそれはそれで目立つと思うが、まあ放っておこう。

全ての客が帰り、クラスメイトたち全員(高円寺(こうえんじ)を除く)がメイド喫茶に集合したのは、5時半を迎えるころだった。

「みんなお疲れさま。色々あったけど、とりあえず理想的な形で文化祭を終えることが出来たわ。これ以上ない売上になったと思っている」

クラスには屋外の屋台で撤収作業を終えたばかりの池(いけ)たちも集合している。

メイド喫茶の方は食事中だった来賓たちの帰りが少し遅かったこともあり、まだ片付けるべき部分は残っているが、文化祭の総括を堀北は行うようだった。

「この後結果が発表されるけれど、その前に話しておきたいことがあるの」

そう、クラスには37人。明人と波瑠加の2人も残り続けている。

堀北から促したわけではないが、この場の主役となった波瑠加が一歩前に出た。

「最初に伝えておきたいと思う。私は、ここにいる全員を許したわけじゃない」

静寂に包まれた教室の中で、波瑠加が開口一番に呟く。謝罪の言葉から入ると思っていた一部の生徒たちは、怒りよりも困惑を強く感じながら顔を見合わせる。

ただ責める様子もない。誰もが分かっている。

友人を、親友を失うことの辛さを感じ取れるまでに成長している。

「だけど、一番許せないのは私自身。退学した人は全員不幸になると決めつけてた。去年いなくなった山内くん、そして愛里」

山内の名前が出たことで須藤や池たちにも、思い返すような様子が見られる。

「私は愛里がこの学校に留まり続けることが最善なんだと思い込んでいた。それが一番幸せなんだって勝手に決めつけてた。だから全員を憎んだ……復讐してやろうって」

悔しさを滲ませながら、波瑠加は制服のスカートを強く握りしめる。

「この文化祭が終わった後、私は退学するつもりだった」

伝えなくても良い事実だったが、それを隠すことを嫌い波瑠加は告白する。

予見していた生徒もいたとは思うが、大半の生徒は口元を強張らせた。

「俺も波瑠加の退学に付き合うつもりだった」

ここで明人も、黙っていることは出来ないと波瑠加と共に真実を語る。

「もしあなたたち2人が退学を選択していたら、私たちのクラスはAクラスに届かなかったでしょうね。一番手軽で、一番強力な復讐方法だわ」

小細工など要らない。ただ退学するだけで大量のクラスポイントを失わせられる。

「でも、私にチャンスをくれるならこのクラスに残らせてほしい」

「あなたに心境の変化があったのね？」

「あの子が外の世界で羽ばたこうとしてる。それを櫛田さんに教えてもらったから」

ここで櫛田の名前が出され、一同の視線が彼女へと集まる。

状況を理解していない大多数のため、櫛田は補足するように口を開く。

「佐倉さんアイドルになるために頑張ってるみたい。ＳＮＳで検索すれば出てくるから後で長谷部さんに教えてもらうといいんじゃないかな」

意外に思う生徒、そうかと思い当たる生徒。

ただ共通して生まれた認識は、愛里が新しい一歩を踏み出したという事実。

「愛里は大きく成長する。きっと私が思っている以上に。だからAクラスで卒業して会いに行けるようになりたい。恥ずかしくない自分を見せられるようになりたい」

それがこの学校に留まり続けることを選択した理由なんだと、クラスメイトは知る。

「よく決断したわね長谷部さん」

「迷惑をかけた分、罰は受けるつもり」

「俺も同罪だ。文化祭の手伝いもせずクラスに迷惑をかけた」

他の生徒たちが余計なことを言い出す前に堀北が前に出る。

「文化祭をサボったことは問題行動だけれど、幸いルールに抵触はしないわ。休憩は最低1時間取ることと定められているだけで、絶対に働かなければならないわけじゃない。高円寺くんも朝から1度も姿を見せていないのだから同じようなものよ」

堀北は呆れつつも安堵したような顔で波瑠加へと近づいていく。

「もしあなたに罰が与えられるとすれば、それは今後も私と共にクラスメイトであり続けることくらいなものよ。その現実と向き合える？」

波瑠加は瞳に映る堀北に、何を思っているだろうか。

「精一杯、努力してみる」

「そう。これからはいつもの長谷部さんと考えていていいわね？」

「……大丈夫。迷惑はかけない」

それで十分だと、堀北は頷き宣言する。

「三宅くんも今までと同じ。いいわね？」

「もちろんだ」

「それなら今日は以上よ。あと少しの片付けを全員で手早く終わらせてしまいましょう」

啓誠はどこか躊躇いつつ、波瑠加と明人のもとへ歩み寄った。

明人の謝罪から始まり、少し目を赤くした啓誠は安堵の言葉をかける。

波瑠加からの謝罪で、3人は久しぶりに僅かばかりの笑顔を向けあえていた。

やがて、意を決したようにこちらへと視線を向ける明人と啓誠。

その2人は波瑠加にも合図を送り、3人の目が戸惑いながらもオレへと注がれる。

今ここでオレが歩み寄れば、形だけのグループは再開されるのかも知れない。

しかしそれはもう不要だ。背を向けて佐藤たちへ労いの言葉を送りに行く。

5人だったグループは3人になってしまったが、以前よりも強い絆で結ばれていくことを願う。あの場所にオレの存在は必要ない。

決別の証となるような行動を感じ取れない3人じゃない。

近づいてきて、声をかけてくるようなことはなかった。

それからは早かった。残っていた片付けも37人いればすぐに元通りになる。

午後6時になる前には片付けがすべて終了した。

そして文化祭の結果が発表される。

1位・2年Bクラス　＋100クラスポイント
2位・2年Cクラス　＋100クラスポイント
3位・3年Bクラス　＋100クラスポイント

4位・2年Aクラス　＋100クラスポイント
5位・1年Aクラス　＋50クラスポイント
6位・3年Cクラス　＋50クラスポイント
7位・2年Dクラス　＋50クラスポイント
8位・1年Cクラス　＋50クラスポイント
9位・3年Dクラス
10位・1年Bクラス
11位・3年Aクラス
12位・1年Dクラス

「俺たち1位じゃん！　やったな！」

「やっぱり茶柱先生のコスプレは刺さったんじゃないかなー」

　各々が喜びながら、健闘を称えあう。

「けど龍園のところもちゃっかり2位だし、坂柳のクラスが4位なのは流石だよな」

「綾小路くん」

「ああ、万事計画通りだな」

　堀北クラスが上位を取ることは大前提として、龍園のクラスも上位に食い込むことは最初からの想定通りだった。

「一蓮托生がどう出るかと思ったけれど……上手く出し抜いたわね」

「だが予想外の出来事もある。坂柳が4位に食い込んできたことだ」

「そうね……。あなたは彼女たちの出し物を見た？」

「いや、今日は特別棟の3階には足を運んでない。おまえは見たのか？」

「Ａクラスは低額で学校に関するパンフレット等を販売していたの。それ以外に飲食店や他の出し物もしていなかったわ。一体どんな手を使ったのかしら……」

「そのヒントは、おそらく最下位にある」

「1年Ｄクラス、宝泉くんのクラスよね……？　それがどうかしたの？」

「これが奮闘をした結果の最下位だったならいい。だが、それは考えられない。あのクラスの出し物は祭りを再現した出し物が中心だったが相当繁盛していた。オレは上位に食い込んでくるクラスの1つだと思っていたんだ。それが3年Ａクラスより下だと思うか？」

「11位の3年Ａクラスは最初から勝負を捨てた価格設定だった。あくまでも来賓たちを喜ばせるための接待をメインにしていたのよね」

　お化け屋敷などは１００ポイントで遊べたことは確認が取れている。

　一方で宝泉の仕掛けていた射的などの出店はしっかりと適正価格を取っていた。

「この文化祭で上位クラスは１００ポイントを得た。その裏で宝泉は別の何かを手に入れたかも知れないってことだ」

「考えられるとしたらプライベートポイント……ということ？」

「去年の無人島試験を思い出さないか？」

龍園と葛城の間ではクラスポイントを獲得させる代わりにプライベートポイントを受け取る契約をしていた。

坂柳と宝泉との間に、似たようなことがあったとしても不思議はない。

「あり得ない話じゃない。あるいはそれに代わる似たような契約を結んだのかもな」

会計は携帯を通じて行われる。宝泉たちが2年Aクラスから会計のために携帯を受け取り全ての売上を献上していたとしたら、十分に成立する戦略だ。宝泉のクラスに文化祭用の資金も提供していたのなら、出し物の祭りの規模の大きさにも納得がいく。

「したたかね彼女は」

「気が付けば勝利への選択を取っているからな」

どちらにせよ、坂柳は簡単には詰め寄らせてくれないということだ。

勝負を捨てたかのように見せて、着実に成果を出しているのは間違いない。

1

その後は解散となったが、堀北は一部のメンバーをBクラスの教室へと呼び出した。体調不良で不在の松下を除く、メイド喫茶立案者の3人だ。

「実は——あなたたちに謝らなければならないことがあるの」

「え？　謝ること？　何かあったっけ？」

大変な一日ではあったが、堀北が失態を見せるような場面は特になかった。

佐藤たちに思い当たることは全く無いため、不思議そうに首を傾げる。

「龍園くんがメイド喫茶のことをリークして学校中に広まったこと、覚えてるわね？」

「うん。アレは焦ったよねー」

「実は……彼がメイド喫茶をリークすることは最初から決まっていたことなの」

話の内容は、文化祭で協力し合い上位を獲得するために、何らかの形で手を取り合おうとオレが提案したことに起因する。

「リークが決まってた、って？　どういうこと？」

「全ては計画だったのよ。私と龍園くんが協力し彼がそれを裏切る。そしてメイド喫茶の出し物を周知させることもね」

「ええええっ!?　嘘!?」

当然驚くだろう。この事実をクラスで知っているのはオレと堀北だけだったからな。

「じゃあ勝った方がプライベートポイントを受け取る賭けも？」

「アレは龍園くんの独断よ。いきなり言い出した時は少し焦ったけれどね」

「結果探りを入れていた橋本たちも、賭けの話が決め手になっただろうな」

「ええ。坂柳さんは多くの情報を第三者から聞き及んで知る。今回の件も橋本くんなどの諜報員から聞かされたはずよ。協力し合う予定だった２クラスが揉めて、一方的に龍園く

「じゃあ1位を取ったら100万ポイントが貰えるって話は？」

「残念だけど実際はどちらが勝ってもポイントの受け渡しはしないことで確認も取っているわ。彼自身はやる気があったみたいだけれど、今頃肝を冷やしてるんじゃないかしら」

オレと堀北を除くクラスメイトには、恵も含めその事実をひた隠しにしていた。

そして龍園クラスも、龍園と葛城を除いて誰もその話を聞かされていない。

石崎やアルベルトのような側近も例外じゃない。

だからこそ本気で龍園が潰しにかかっていたと受け取ることしか出来ない。

「和装のコンセプトカフェを対抗馬として打ち出したのも、その戦略の1つね。敵対していることをアピールする以外にも、他のライバルを出さないためでもあった」

対抗戦。盛り上がりが高ければ高いほど、大人たちにも責任が生まれ金を落とす。

互いに負けられない戦いがあると知れば、肩入れした方に勝たせてやりたいと思うのが自然なことだ。一方で、他クラス他学年は死活問題を掲げた戦いをしてはいない。

もちろんクラスポイントを欲しいと思うクラスは少なくないが、堀北VS龍園の戦いに比べれば、その熱量は一回りも二回りも劣る。

「本当にごめんなさい。勝つためとはいえあなたたちにまで黙っていて」

常に罪悪感を抱いていた堀北は、一刻も早くこの事実を伝えたがっていたからな。

本気で申し訳ないと思っていることは、この3人にも伝わったはずだ。

「いいんじゃない？　だって結果で1位だったんだし、ねえ？」

特に責めることもなく、佐藤は嬉しそうにみーちゃんと前園に確認する。

「まぁね。上手くやってくれるんだったら、そんなにって感じはあるかな」

「はい。変に聞かされていたら、顔に出てしまってたかも知れませんし……」

演技をするにも自信がないとみーちゃんは素直に答える。

「良かったな堀北」

「ええ、肩の荷が下りたわ。このことはあなたたちから松下さんにも報告しておいて。それと立役者の皆にはプライベートポイントが振り込まれ次第報酬を払わせてもらうわ」

「やったね」

3人はそれぞれハイタッチを交わす。

「茶柱先生のメイドも最初から話し合いで決まっていたんですか？　アレが一番びっくりしたかも知れません」

「アレは凄かったよね。1時間で撮影トップになるんだもん」

「積もる話もあるでしょうけれど、今日はこれで解散よ。本当にありがとう」

メイド喫茶という提案にクラスは戦略を見出し、1位を獲得できた。

その他計算できない要因もプラスに働いてくれたのはありがたかった。

3人を見送り、教室にはオレと堀北だけが残された。

開け放たれた窓からは少し強めの風が入り込みカーテンを揺らしている。

「本当に良かったの？　計画のほとんどはあなたが独断で考えたもの。もっと手柄を主張しても良かったのよ？　対立の演出や茶柱先生をメイドにすること。1位に貢献したのは紛れもなくあなたの実力なのに」

「リーダーとしての堀北の立ち回りがあってこそ成立したことだ」

「……以前のあなただったら、この計画の仲間に私を入れなかったんじゃない？」

誰もいなくなった教室で、堀北はこちらを見ることもなく呟いた。

「そうだな」

「そこは否定しないのね」

「事実だから仕方ない。おまえも分かってたからこそ、聞いてきたんだろ？」

「まあ、そう、そうかもね」

オレと龍園、葛城だけで強引に進めることも出来なかったわけじゃない。

だがオレは迷わずこの提案をする時に堀北にも同時に伝えた。

演じ切れるかどうか以前に、リーダーを抜きに話を進めることではないからだ。

もし完全に否定されていれば、この案は不採用にしてもらっても構わなかった。

「勝つために有効な手段なら、仲間を騙すことも迷わず視野に入れる。それが危険と背中合わせだとしても進むべきときは進む。分かるな？」

自らがその策を実行することでより、堀北の身体にも染み渡った。

「今なら分かるかも知れない。少しずつだけれど見えてきた気がする」

まだ手ごたえとしては薄いかも知れないが、確実に感触は得ているようだな。

「今日はもうこの辺でいいだろ。そろそろ陽も暮れる」

「待って。……綾小路くん、あなたにどうしても今聞きたいことがあるの」

帰ることを促してみたがそれを拒む堀北。そんな予感はしていた。

生徒会室に堀北と伊吹がいたことは単なる偶然じゃないだろう。

何らかの糸を辿ってあの場所に辿り着いたからに違いない。

「なんだ？」

「今日の文化祭。その裏で起きていた重大な事件。……あなたは――」

間が良いのか悪いのか、ちょうど携帯が鳴る。

「悪い、ちょっと待ってくれ」

「え、ええ」

画面を見ると、知らない番号からの着信だった。

「もしもし」

『まだ学校に残ってますかー？　良かったら、少しだけ話しませんか』

この声には聞き覚えがある。1年Cクラスの、椿桜子だ。

番号の入手方法は経路が様々なので気にしないが、珍しい人物だ。

だが、今日接触があったとしても驚きはしない。

『今は1人？』

「残念ながら違う」

『じゃあ待ち合わせしません？』

「どこにいる」

『玄関を出たところです。まだ校内にいますよね？』

「5分くれ」

『分かりましたー』

短い通話を終え、オレは堀北に断りを入れる。

「悪いがちょっと外してもいいか。10分か20分か、それくらいで戻ってこられると思う。そのあと話の続きをしよう」

「分かったわ。ここで待ってる」

オレはここに戻ってくることを約束して、教室を離れた。

1人になったところで、今日一番世話になった人物へ電話しておくことにした。

「3年生の情報網は流石ですね。櫛田桔梗にしても長谷部波瑠加にしてもすぐに探し出してしまうんですから。南雲生徒会長の実力を改めて痛感しましたよ」

『そんなことを言うために電話してきたのか？』

「一応お礼を言っておこうと思いまして。今日の捜索ではとても助けられました」

波瑠加や櫛田の居場所をすぐに割り出す3年生たちの目の数と統率力は見事だった。

『まさかおまえにやった仕掛けを自分のために利用しやがるとはな』

「生徒会室の様子を伝えて頂けたのは助かりました。お陰で迅速な対応ができましたよ」

『最初は八神の狂言かとも思ったが、あの手紙には実際仕掛けがあったのか？』

「普通に読むと南雲生徒会長に宛てたラブレターとしか思えませんが、八神が訴えたように少々複雑なアナグラムを仕込んでいました。読み解けば『午後3時過ぎに生徒会室で重要な話がある』という文章に辿り着くことが出来る。その他にも幾つか気に入りそうなワードを混ぜておきました。強い興味を抱けば当然誘いに乗ってくる」

ラブレターにはアナグラムの他にもちょっとした工夫を施していた。

手紙に利用した封筒やそれを止めるシールは、ケヤキモールでいつでも誰でも入手可能なものにしておいた。これがネットで買った特注などであれば、八神は中身を見ることで証拠が残ることを恐れ躊躇したかも知れない。

しかしケヤキモールを視察すれば手書きの便箋以外は代えが利くことに気づく。

そうなれば、遠慮なく中身をチェックすることが可能だ。

更にオレが直筆することで筆跡の情報を八神に与えられる。ホワイトルーム生は習字の教育も徹底して施されるため、必ず達筆な字が書けるからだ。そうして用意したラブレターは恵を使い別の女子を経由し、堀北へと持たせる。そして八神から手渡すように誘導し盗み見る時間を与えた。直接堀北が南雲に渡してしまう可能性もあったため当日は機嫌が悪い演技をしてもらいすぐに渡せない状況も作り出してもらった。

『まさかあいつが無人島で暴れた奴とは思わなかったぜ。どこまで知ってたんだ？』

「何も知りませんよ。ただ八神が勝手に自白しただけです」

『小宮たちが八神を名指ししたのはどういう手回しだ。教師が現れたのも偶然か？』

「揉め事の中心人物が黒かも知れないと伝えていただけです。犯人を特定できずにいた龍園サイドはヒントを欲していましたからね。生徒会に誰も来ない、あるいはいても何も起きないリスクを承知した上で提案に乗ってもらったんです」

『なるほど？　ま、おまえがどこまで本当のことを言ってるのか怪しいもんだがな』

「想像にお任せしますよ」

オレがしたことは本当に些細なことばかりだ。特筆すべきことは何もない。

『まあいいさ。これで約束を果たす気にはなったんだろ？』

「もちろんです。楽しみにしていますよ南雲生徒会長」

玄関に差し掛かる頃、オレは通話を終えて下駄箱に手を伸ばした。

2

待ち合わせ場所には椿が1人だけか。一瞬そう思ったが、少し離れたところで宇都宮が誰かと通話をしているようだった。こちらに視線だけを向けている。

「電話で伝えにくいことでもあったのか？」

「まあ。1年生は今、ちょっとした騒ぎになってて。文化祭で意外な退学者が出たので」

「退学者？　それはまた物騒な話だな。——とでも言えばいいのか？」

今回の退学騒動に一枚噛んでいる人物。それが今目の前にいる椿桜子だ。

「想像以上の結果に満足してます。綾小路先輩」

合格と言わんばかりに、指で丸を作る椿。

「佐藤先輩から上手く情報を引き出したようですね。そして見事に八神くんを退学に追い込んでくれた。とても感謝してます」

「オレが情報を引き出したんじゃない。おまえが佐藤に繰り返し接触し、じわじわと追い込んだだけだろう。そして堪えきれず誰かに吐き出すよう調整して脅しをかけた」

この目の前にいる椿は、与り知らないところで佐藤に接触してきた人物だ。

「どういう意味か分からないんですけどー。なんてね」

佐藤はケヤキモールの女子トイレ近くで椿に声をかけられたらしい。そこでオレと恵の関係、自分の立ち位置などを含め好転する材料をちらつかせ好奇心をくすぐった。

「佐藤を自分の部屋に呼んで安直な脅迫をしたようだが、それは本気で佐藤を操ってオレたちの関係を壊させようとしたんじゃない。脅してきたことを間接的にオレへと知らせることで行動を、つまり対処をさせたかったからだ」

黙って聞く椿は、否定せずにオレを見つめている。

「詳しく経緯を聞けば不自然さはすぐ浮き彫りになった。佐藤がおまえの誘いに乗らないと見るや、すぐ追い打ちをかけるように再び接触、似た発言をして刺激。それからも佐藤

が誰にも相談した気配がないと見るや、脅し文句を少しずつ強めて追い詰めた。そんなことをすればいずれ誰か……いやオレに相談してくることは明白だったにもかかわらずだ」

佐藤の籠絡が狙いではなく、たまらずオレに助けを求めるのを待っていた。

「そして佐藤から聞かれてもいないのに、八神の命令で脅していることを伝えたんだ」

精神的に参っている佐藤にそれが本当か嘘かを考える余裕もなかっただろう。

この一件を私的に利用することを思いついたオレは、佐藤との話し合いの中で恵を呼び出し、虐めやこれまでに至るほぼ全ての過去を打ち明けさせることを決めた。佐藤が椿サイドを選ばなかったことで、味方になると確信が持てたからだ。結果、2人は友人から親友の関係へと本当の意味で昇華した。それが11月1日のことだ。

「悪い奴だよね八神くんって」

「安い芝居はいらないだろ。八神は今回の件にノータッチだ。関与していない」

「実際に八神くんの指示だったとは思わないの？」

「八神が椿を使って佐藤に接触させていたのなら、わざわざ名前を出す必要はない」

軽井沢の過去を知る人物はホワイトルームのことを知る人物に限られる。

正体を悟られるような真似は簡単にしないからな。

「だったら逆におかしくないですか。八神くんに濡れ衣を着せようとしているってわかったんですよね？　なのに私に対して何もしないで、無実かも知れない八神くんを退学にまで追い込んだ。矛盾してません？　綾小路先輩が詳しく調べてた気配もなかったですし」

「ああ。オレは別に椿や八神を探ったりはしていない。その必要もない」

「……どういうことですか」

「悪いがこれ以上は話す気にはなれないな」

ここまで話していて確信に変わる。全てを操っていたのはこの椿でもないと。

更にその後ろに潜んでいる人物こそが、今回の絵を描いた。

「宇都宮くん、ちょっと来てくれる？」

椿が通話中の宇都宮を手招きして呼び寄せ、携帯をオレに渡すように指示する。

「……どうぞ」

警戒しながらも宇都宮は通話中のまま携帯を渡してきた。

『八神は椿たちのクラスメイトを退学にさせた。それがその2人が協力した理由だ』

去年は電話で、そしてオレの部屋の前で話をした男の声で間違いない。

『直接動けばいつでも倒せると分かっていて放置していたんだろう？　だが、その結果1年生からは退学者が出た。厄介者がいなければ起こらなかったことだ』

「否定はしない」

『これ以上余計な犠牲を出さないためには退学してもらうしかない。だが、分かっていても八神を倒すのは簡単じゃない。並の高校生じゃないことは分かっているからな』

「それでオレを利用したかったんだな」

ホワイトルーム生の目的、執着心を理解しているからこそその判断。

『俺からのメッセージは読み取ってもらえたようだな』

「いずれオレの身近な人間に接触する。そしてその時は退学者が出るぞ、だろ」

『そうだ。だが一気に八神を追い込んで退学させるとは。これは少し計算外だ。八神が無関係である可能性を考慮に入れなかったのか？』

「退学になるかどうかは八神の選択次第だった。白か黒かを決めたのはオレじゃない。あいつは1年Cクラスの生徒を退学させたように、あちこちで火遊びをしていた。櫛田桔梗に元後輩だと偽り接触したこと。与えられた情報を使いコントロールし、手駒として使おうとしたこと。無人島で関係のない生徒に大怪我を負わせ挑発したこと。他人に宛てたラブレターを罠だと思い勝手に中身をチェックしたこと。あの場に何故堀北と伊吹が居合わせたのかは知らないが、それもまた奴の火遊びが原因だろう」

普通は他人のラブレターを盗み見たりしない。

仮に見たところで、ちりばめられたアナグラムに気づいたりはしない。

『全てが繋がっていたわけだな』

「明確な証拠が残っていなかったとしても、仕掛けを打っていれば打っているほど痕跡は必ず残る。あいつは真綿で自分の首を絞めていることに気が付いていなかった」

『確かに八神が何もしていなければ、この段階で退学にはなっていないな』

「そういうことだ」

積もり積もった火遊びが、今回の結果を招いてしまった。

この電話の男を怒らせなければ、オレは八神にまだ手を出していなかった。櫛田に接触したり、無人島で大怪我を負わせなければ退学のペナルティまでは提示されなかった。ラブレターの中身を見たりしなければ、問い詰められる状況には追い込まれなかった。

「結果として退学になったのは、八神が自分で黒だと認めただけのこと」

試すための舞台をセッティングしたに過ぎない。

完全な白であるならそもそも騒ぎになることはなかっただろう。オレのことを知っていて、かつ頭が切れるからこそ、生徒会室にまで足を運んでしまっただけのこと。

『噂通りの実力を持っているようだ』

「ついでだから確認させてもらうが、前にオレに言ったことを覚えてるな？　邪魔者を排除したとして、それで平穏が戻ってくると思うなと。あれもブラフだったんだろ？　早めに処理しないと更に大変になると焦りを生ませたかったからだ」

オレを動かすため、あの段階から八神を退学させるための一手を打っていた。

『綾小路先生の言う通り、この学校を選んで正解だった』

「どういう意味だ？」

『言葉通りだ。俺は俺で学校生活を楽しませてもらう。1年と2年でぶつかり合うことがない限りおまえとの関係はここまでにしよう』

言いたいことだけ言うと、電話は一方的に切られた。

携帯の画面を盗み見るとわざわざ非通知でかけられていたことが分かる。

宇都宮がアドレスに登録していたり、電話番号から悟られることを嫌っての行動だ。

「色々分かってもらえました?」

「ああ」

「クラスメイトが退学させられた時、最初は宝泉くんが絡んでると思ってたんだけど、最近八神くんだってことを教えてもらったから」

八神の潜在能力は申し分なく高いのだろうが、驕りに足元をすくわれる形になってしまったな。オレだけを意識し、同じ舞台に立つライバルたちを見ていなかった。

1年生たちの戦いに水を差す八神は歓迎されるべき存在じゃなかったようだ。

「敵を討ったからって辞めるなよ椿」

「分かってるって。正直最初はこの学校に愛着なんて無かったんだけど……ちょっと変わってきた。意外と楽しいよね、この学校」

今のやり取りを見て、単なる敵討ち以外にも様々な思いが交錯していることが分かる。

「というわけで、私たち帰るんで」

「……失礼します」

無理やり敬語を引っ張り出した宇都宮が、椿と共に寮へ戻っていく。

「オレも教室に戻らないとな」

3

椿との会話を終え、教室に戻る途中で憔悴した茶柱先生に遭遇する。

「今日はお疲れさまでした。大活躍でしたね」

「……何がお疲れさまだ」

子供のような睨みを隠すこともなく向けてきた茶柱先生は、明らかに怒っていた。

「メイド服を着せられたことがそんなに嫌だったんですか？」

分かっていて聞き返すと、肩を震わせて詰め寄ってきた。

「職員室に戻ると、私の写真があちこちの先生の机に置かれてあった。それだけじゃない。短時間の間にどれだけの先生たちに声をかけられ、メイド服の話をされ、どれだけの恥をかかされてきたと思っている。当面の間、私は貝になりたいと心から願っている」

猛烈な圧を感じるだけに、本当に辛い思いをしたのだろう。

「それは……オレの知る由ではないので。先生の人気を象徴しているんでしょう」

「私は断じて人気者ではない。余計なことをしてくれたものだ」

本気で人気などないと思っているのなら、今後苦労することになるな。今までは表面化していなかっただけで、茶柱先生を異性として評価する大人たちは少なくなかったはず。

「それはそれです。クラスが1位を取ったんですからいいじゃないですか」

「全然良くない。むしろ私が何もしなくても上位は確実な売上金額だったんだ」

「そうなんですね。まあ2位3位を取るより1位の方が見栄えもしますからね」

「おまえらしくもないことを言って……全く」

これ以上責めても仕方がないと思ったのか、グッと呑み込んで堪える。

「それにしても、まさか龍園クラスと敵対しているように見せて協力していたとはな」

「1つのクラスだけで戦えば最大でも40人ほどの戦力。ですが2つのクラスが手を取り合えばその倍近い人数が仲間になる。これは存外バカに出来ませんよ」

宣伝は必ずしも表面上で手を取り合っていなければ出来ないものじゃない。

形は違えど大勢が集まれば、資金をかけず大々的に見せることが出来る。

「職員室でも驚かれていた。誰もが本当の対決だと思っていたからな」

茶柱先生は文化祭の活躍について触れこそすれ、八神退学については触れない。

直接は関係ない1年生でも教師として知っているはずだが、無関係と思っているオレにそのことを話したりはしない。

この学校の教師として正しい判断をしっかりしている。

「ところで帰らないのか？」

「教室に堀北を待たせてるんですよ。先生こそまだ残業ですか？」

「校内の見回りだ。来賓たちから忘れ物に関する届け出も幾つか申請されている」

文化祭が終わったとしても、教員たちはその後始末に追われてるわけだな。

4

茶柱先生と共に教室へ戻ると、堀北は突っ伏すように上半身を机に預けていた。

オレと茶柱先生は1度顔を見合わせ、声をかけないことを決める。

念のため近づいて確かめてみると、やはり眠っているようだ。

開かれた窓からは、強めの風が入り込んできている。

一瞬、制服の上着でもかけてやるべきかと迷ったがそれはやめておく。後でオレが近づいたことを知れば、堀北は喜ばしいと感じないと判断したからだ。

「んん……」

ん？　一瞬起きたかと思ったが、どうやらそうではないらしい。

「ダメ……」

寝言だ。少しドキッとするような発言なので、多少びっくりしたが。

今日は堀北も疲れただろうからな。せめて風邪をひかないようにと、窓だけを静かに閉めておいた。そのままの足でオレは廊下へと戻る。

「もう少し寝かせてやることにします」

「ここで起きるのを待つつもりか？」

「文化祭で1位を取ったんです。それくらいのサービスはあってもいいでしょう」

どうせすぐに起きる。

「おまえはもう帰れ。ここは私が引き継ごう」

「いいんですか？」

「陰の立役者にそれくらいのサービスがあってもいいだろう」

「なら遠慮なく甘えることにします」

「ただし綾小路。二度と私に恥をかかせるような作戦だけは考えてくれるなよ？」

「まだ気にしてるんですか」

「……私にとっては、生涯忘れることのない一日だ」

「まあ……茶柱先生もご苦労様でした。いつかそれも良い思い出になりますよ」

「学生が生意気を言うな」

睨みつけながらも、ため息をついた茶柱先生は教室の扉にもたれかかった。

さて、オレも帰るとするか。

11月文化祭終了時点クラスポイント

坂柳の率いるAクラス　1201
堀北の率いるBクラス　966
龍園の率いるCクラス　740
一之瀬率いるDクラス　675

あとがき

２０２２年、気が付けば折り返しが近づいて参りました。早すぎます、衣笠（きぬがさ）です。

最近生姜（しょうが）を食べることがマイブームで、定期的に数キロ買ってはすり下ろして数キロ買ってはすり下ろしてを繰り返して肉や野菜と一緒に食べています。

特にエリンギと生姜とレモンダレの組み合わせが一番好きですな。

えへへっ、誰も興味ないプライベートを少し公開したぞっ。

はい。特に書くこともないので乱心しましたが本題に移っていきましょう。

今回のお話は11月の文化祭がメインとなっています。

他にも色々な生徒たちの衣装だったりを見たかった方もいらっしゃると思いますが、それはまた別のどこかの機会ということでご了承ください。

そんなよう実ですが、物語としては止まることなく順調に進んでおります。

間もなく2学期も終了し、冬休み、そして激動の3学期に突入します。

当初の想定より少し巻数が多めになっていますが、2年生編もいよいよ折り返しを過ぎました。物語完結まで一歩一歩近づいているのを感じますね。

果たして綾小路（あやのこうじ）は無事学校を卒業できるのか。

各クラスは最終的にどんな結末を迎えるのか。

その全貌が少しずつ見えてくるかと思いますので、首を長くしてお待ちください。

そしてそして！　いよいよ7月からはアニメ2期スタートです！　待ちに待ちました。どれくらい待てばいいんだってくらい待ちました。

数年ぶりに綾小路たちの活躍が見られること、今から楽しみで仕方ないです。

更に3期も予定されているので、うん、なんていうか……感無量です。よう実が好きな人も好きじゃない人も、興味ある人もない人も、皆見てくれると嬉しいです。

誰よりも2期を待ち望んだ者の一人として鑑賞させていただきます。イエイ！


最後に珍しく少し真面目なお知らせをさせて頂きます。予めご了承ください。

間もなくTVアニメ『ようこそ実力至上主義の教室へ2期』がスタートしますが、BD&DVD特典で『ようこそ実力至上主義の教室へ0巻』を執筆いたしました。本当に大変でした。0巻ということで、綾小路の過去に迫る内容になっています。イラストレーターのトモセ氏からも全面協力して頂き、本編と同様のボリューム、イラストの枚数になりましたので、どうぞよろしくお願いいたします。

以上、今回のあとがきはこのような形で失礼いたします。

では皆様、また年内のどこかでお会いいたしましょう。

MF文庫J

ようこそ実力至上主義の教室へ 2年生編7

2022年 6月25日 初版発行
2024年 9月10日 13版発行

著者 衣笠彰梧

発行者 山下直久

発行 株式会社 KADOKAWA
〒102-8177 東京都千代田区富士見2-13-3
0570-002-301（ナビダイヤル）

印刷 株式会社広済堂ネクスト

製本 株式会社広済堂ネクスト

Printed in Japan　ISBN 978-4-04-681477-7 C0193

●お問い合わせ
https://www.kadokawa.co.jp/（「お問い合わせ」へお進みください）
※内容によっては、お答えできない場合があります。
※サポートは日本国内のみとさせていただきます。
※Japanese text only

◇◇◇

【 ファンレター、作品のご感想をお待ちしています 】
〒102-0071 東京都千代田区富士見2-13-12
株式会社KADOKAWA　MF文庫J編集部気付「衣笠彰梧先生」係　「トモセシュンサク先生」係

あまさわいちか
天沢一夏

ちゃばしらさえ
茶柱佐枝

「一番高いヤツ狙ってよ」
最高額のお菓子の詰め合わせを落とすには、
大きな重りを撃ち落とす必要がある。
果たしてどれくらいの威力があるのか……。
ひとまず試してみるか。
恵からの黄色い声援を受けながら1発目を発射する。

7

ようこそ実力至上主義の教室へ2年生編

Welcome to the Classroom of the Second-year